Chère Lectrice,

Le coup de foudre, l'irrésistible séduction, ce sont des choses qui existent.
Vous découvrirez en lisant ce volume de la Série Désir l'émoi délicieux d'une passion vécue à deux.
Vous adorerez sa troublante sensualité.
Duo connaît bien l'amour. Avec la Série Désir, vous vivrez l'inoubliable.

Désir, la série haute passion,
six romans par mois.

VOUS NOUS ÉCRIVEZ...

"Je veux croire en ton amour", le dernier roman de la série Désir que j'ai lu, est formidable. J'ai adoré cette histoire. Comme l'héroïne Natasha, je crois que la passion triomphe toujours quand elle est sincère. Mon expérience me l'a prouvé, à moi aussi.

Merci à Duo.

Evelyne S. *Béziers*

Série Désir

MARILYN KENNEDY
Au creux de tes bras

Les livres que votre cœur attend

Titre original : *Opening Bid* (81)
© 1983, Marilyn Kennedy
Originally published by Silhouette Books
a Simon & Schuster division of Gulf
& Western Corporation, New York

Traduction française de : François Rousselet
© 1984, Éditions J'ai Lu
27, rue Cassette, 75006 Paris

1

Une neige fine et drue tombait sur Madison Avenue. Joanna marchait prudemment sur le trottoir recouvert d'une couche glissante. Malgré son retard, la jeune femme dut ralentir le pas. Une foule affairée se pressait aux abords des grands magasins illuminés de guirlandes électriques. C'était bientôt Noël et chacun se hâtait d'effectuer ses derniers achats.

Une bourrasque de vent balaya la grande artère et fit vaciller la jeune femme, qui bouscula un monsieur submergé de paquets. L'homme parvint tant bien que mal à conserver son équilibre et disparut en grommelant dans la foule. Enfin, l'immeuble en pierre grise de la salle des ventes Parke-Bernet apparut devant elle et Joanna s'engouffra dans le hall accueillant.

Les portes en verre se refermèrent silencieusement derrière elle, comme pour la protéger de la tempête et de l'effervescence qui régnaient au-dehors. Encore engourdie par le froid, elle se dirigea vers les ascenseurs où veillait un homme grisonnant et affable, qui sourit en la voyant arriver.

— Bonjour, mademoiselle Dillon !

— Bonjour, Henry.

Elle secoua énergiquement la neige de son manteau de fourrure.

— Quel temps ! Je ne suis pas trop en retard, j'espère. La vente a commencé ?

— Depuis cinq minutes. Il y a déjà beaucoup de monde mais il reste beaucoup de belles pièces à acheter !

La jeune femme eut une petite moue amusée. Elle avait bravé l'hiver new-yorkais pour se rendre à la salle des ventes Parke-Bernet, la plus prestigieuse et la plus fréquentée de la ville, non pour disputer quelques jolies babioles à la foule des riches amateurs qui hantaient les lieux, mais pour des affaires plus sérieuses.

Joanna était une professionnelle bien connue dans le petit monde des marchands d'objets d'art. Sa silhouette fine, ses longs cheveux noirs, son teint de porcelaine, ses allures de poupée cachaient un flair infaillible pour dépister les faux et une volonté de fer pour arracher les pièces rares sur lesquelles elle avait jeté son dévolu. C'était le cas ce soir et ses yeux brillaient d'une détermination farouche.

— Vous partez pour les vacances de Noël, mademoiselle Dillon ?

— Hélas ! non, Henry. Mon travail me retient ici.

— Eh bien ! moi, je vais voir de la famille à

Lincoln, dans le Nebraska. Il y a un bout de temps que je n'y suis pas allé !

— Brrr... Le Nebraska, en cette saison ! Couvrez-vous bien, Henry !

Le visage de l'homme se fendit d'un large sourire.

— Oh ! Pour ça, n'ayez crainte ! Allez, au revoir, mademoiselle. Ne travaillez pas trop, tout de même.

— Au revoir, et joyeux Noël !

Joanna disparut, happée par un ascenseur qui s'éleva lentement et la déposa, quelques étages plus haut, au seuil d'une immense salle où les enchères battaient leur plein. Elle se fraya un passage discrètement et trouva une place libre à côté d'un monsieur d'un certain âge qu'elle connaissait de vue et qui la salua courtoisement.

— Pas de grosse surprise, jusqu'à présent ? demanda-t-elle à mi-voix.

Son voisin hocha la tête et lui tendit le programme.

— On en est au second article, fit-il en désignant le tableau installé sur un chevalet auprès du commissaire-priseur.

Joanna l'observa un instant et fit la grimace. Il représentait une de ces compositions dont l'époque victorienne était friande : un cavalier replet, aux joues rubicondes et aux yeux désabusés, en train de se réchauffer devant une cheminée tarabiscotée. Pour la jeune femme, férue de l'art de la Renaissance, la toile illustrait parfaitement la lente décadence qui, selon elle, avait perverti la peinture dès le seizième siècle et s'était prolongée jusqu'à nos jours. Dégoûtée, elle reporta son attention sur l'assistance.

Bruce Britanny, son vieux rival du Metropolitan Museum, caressait sa barbe poivre et sel d'un air inquiet. Deux rangs plus loin, elle reconnut le profil d'oiseau de Grace DeLyn. Ces deux-là étaient venus pour la même raison qu'elle. Si la mise aux enchères du dessin de Raphaël qu'elle était décidée à emporter n'avait pas été annoncée au public pour éviter une cohue de curieux, les professionnels, eux, avaient leurs informateurs.

Joanna eut un petit sourire. La concurrence n'était pas vraiment redoutable, et son directeur l'avait autorisée à monter très haut : carte blanche jusqu'à cent cinquante mille dollars ! Mais elle comptait bien ne pas atteindre une pareille somme.

Un remous se produisit derrière elle et quelqu'un bouscula légèrement le dossier de sa chaise. Elle se retourna et vit un homme de haute taille, aux cheveux bruns et bouclés, se glisser tant bien que mal jusqu'à une place libre en murmurant quelques mots d'excuse. Joanna ne put s'empêcher de sourire en voyant le nouvel arrivant se faire tout petit pour ne pas gêner ses voisins. L'homme, très séduisant, était d'une carrure impressionnante. Il s'aperçut de l'amusement de la jeune femme et lui adressa un sourire complice avant de reporter son attention sur l'estrade.

Un Michel-Ange ! Un véritable Michel-Ange, se dit Joanna, toute songeuse. Cet homme à l'épaisse chevelure brune évoquait irrésistiblement l'Adam de la *Création du monde*, carré, viril, massif, mais racé et non dépourvu d'élégance.

— Et maintenant, mesdames et messieurs, voici une œuvre qui ne figure pas sur votre catalogue !

Un frisson d'excitation parcourut l'assistance ; une pièce non inscrite était toujours un événement. Tous les yeux se tournèrent vers l'objet que deux employés amenaient sur l'estrade avec mille précautions. La salle retint son souffle. Le commissaire-priseur, d'un geste volontairement solennel, dévoila l'objet de toutes les curiosités.

— Mesdames et messieurs, ceci est une pièce absolument unique. Il s'agit d'une étude de Raphaël lui-même pour son célèbre tableau, *Saint Georges et le Dragon,* qui se trouve au Louvre.

Des exclamations enthousiastes fusèrent de toutes parts.

— Nous ouvrirons les enchères à trente mille dollars et nous monterons par tranche de cinq mille. Qui veut commencer ?

Du coin de l'œil, Joanna vit Grace DeLyn lever discrètement son catalogue.

— Trente mille ! J'ai dit trente mille. Qui dit mieux ?

Bruce Britanny se gratta le lobe de l'oreille d'un air dégagé. C'est ainsi qu'en vieil habitué, familier des étranges coutumes des salles des ventes, il signalait sa volonté de faire monter les enchères.

— Trente-cinq mille à droite ! On m'offre

trente-cinq mille. Qui dit mieux ?... Quarante mille !

Pour l'instant, la partie se jouait entre Grace DeLyn et Britanny. Joanna décida d'attendre un peu. C'était une de ses tactiques favorites ; elle laissait ses concurrents surenchérir jusqu'à ce qu'ils soient un peu essoufflés. Alors, seulement, elle intervenait. En général, l'impact psychologique était tel qu'elle n'avait plus à monter beaucoup pour emporter la vente.

— Soixante-quinze mille à ma gauche ! Soixante-quinze mille dollars pour ce rarissime Raphaël ! Qui dit mieux ?

Comme prévu, la combativité des deux autres commençait à s'émousser.

— Quatre-vingt-cinq mille ? Qui dit mieux ? Quatre-vingt-cinq mille une fois... Quatre-vingt-cinq mille deux fois...

C'était le moment. Joanna fit un petit signe, posant un doigt sur une joue.

— Quatre-vingt-dix mille, mesdames et messieurs, on m'offre quatre-vingt-dix mille dollars ! s'écria le commissaire-priseur, ravi de voir un nouveau concurrent entrer en lisse.

Tous les regards se tournèrent vers la jeune femme.

— Bien joué, murmura son voisin.

— Quatre-vingt-dix mille, reprit le commissaire. Qui dit mieux ? C'est une affaire à deux fois ce prix !

Grace DeLyn hocha la tête d'un air désolé et se laissa aller contre le dossier de sa chaise. Elle abandonnait la partie. Restait Bruce Britanny.

Après un instant de flottement, il finit par porter une main hésitante à son oreille.

— Quatre-vingt-quinze mille ! Qui dit mieux ? Cent mille !

Sans laisser à son adversaire le temps de respirer, Joanna avait immédiatement fait monter l'enchère. Britanny la considéra un moment d'un air dubitatif puis, fataliste, haussa les épaules et se rencogna à son tour sur son siège. La jeune femme jubilait : le Raphaël était à elle !

— Cent mille deux fois... Cent cinq mille !

Un murmure d'excitation parcourut l'assistance. Stupéfaite, Joanna essaya de repérer l'intrus, sans y parvenir.

— Cent dix mille, annonça le commissaire-priseur sur un signe de la jeune femme.

Elle suivit la direction de son regard et aperçut, du coin de l'œil, le « Michel-Ange » hocher légèrement sa belle tête bouclée.

— Cent quinze mille !

Furieuse, elle dévisagea ouvertement son rival. Il lui adressa un petit sourire aimable qui eut le don de l'exaspérer davantage. Quel culot ! C'était sa propre tactique qu'il retournait contre elle ! Mais elle ne se laisserait pas intimider...

— Cent vingt-cinq mille ! Qui dit mieux ?... Cent trente mille !

Joanna sentit la panique la gagner. L'homme répondait à ses enchères sans l'ombre d'une hésitation et la limite des cent cinquante mille dollars approchait à grands pas. Dire qu'elle avait cru la partie gagnée !

— Cent quarante mille !... Cent quarante-cinq

mille ! Les enchères sont de cent quarante-cinq mille dollars. Qui dit mieux ?

Cette fois, on y était. Joanna prit une longue inspiration et lança sa dernière mise.

— Cent cinquante mille dollars !

L'inconnu hocha aussitôt la tête.

— Cent cinquante-cinq mille ! Qui dit mieux ? Cent cinquante-cinq mille une fois... Deux fois... Adjugé à M. Moreau pour cent cinquante-cinq mille dollars !

Le marteau s'abattit avec un claquement sec. L'homme se leva, salua courtoisement la jeune femme et alla dire quelques mots au commissaire-priseur. Joanna croisa le regard de Bruce Britanny et de Grace DeLyn. Ni l'un ni l'autre ne semblaient fâchés que le Raphaël lui eût échappé... Son voisin, plus compatissant, lui sourit avec gentillesse.

— Dommage ! Le jeu en valait la chandelle.

— Certainement. Mais... Oh ! excusez-moi !

Joanna se leva précipitamment. Son rival avait terminé de parler avec le commissaire et quittait la salle d'un pas élastique. Elle le rejoignit.

— Je vous demande pardon, pourrais-je vous parler un instant ?

L'homme, surpris, se retourna et son visage s'éclaira en reconnaissant la jeune femme.

— J'en serais ravi, mademoiselle. Allons dans cette pièce, nous y serons plus tranquilles.

Son anglais était parfait, agrémenté pourtant d'un très léger accent que Joanna ne parvint pas à identifier. Il la prit par le bras et l'emmena dans une grande salle aux murs couverts de

12

tapisseries de toutes sortes et de toutes provenances : Inde, Perse, Chine... C'était une merveilleuse palette de rouge, de bleu, de vert, d'or et d'argent, qui luisait dans la pénombre.

— Magnifique, murmura Joanna.

— Venez, je vais vous montrer ma préférée.

Il s'arrêta devant une tapisserie infiniment délicate où s'épanouissait, sur un fond bleu nuit, un petit arbre exotique à fleurs jaunes et rouges.

— Chine, dix-huitième siècle...

— C'est ravissant. Pourquoi ne l'achetez-vous pas ? demanda Joanna avec un soupçon de malice.

— Parce que, ma chère demoiselle, j'ai déjà la pièce que je voulais pour ma collection.

— J'aurais dû m'en douter. Monsieur... ?

— Moreau. Philippe Moreau.

Il lui tendit un carton sur lequel elle put lire : « Philippe Moreau. Galerie Arden. Londres-Rome-Genève-Paris. »

Elle hocha la tête.

— Vos affaires semblent prospères, monsieur Moreau.

Philippe Moreau eut la grâce de garder un air modeste.

— Et vous, mademoiselle ? Est-ce bien mademoiselle, d'ailleurs ?

Joanna lui jeta un regard méfiant.

— Je m'appelle Joanna Dillon, fit-elle, restant volontairement évasive, et je travaille pour la galerie Bainbridge.

— Enchanté, Joanna. Je peux vous appeler ainsi, n'est-ce pas ?

Il avait, décidément, un sourire plein de charme.

— Monsieur Moreau, je vais être franche. Je voudrais vous racheter le Raphaël. Accepteriez-vous de me le vendre ?

Il réfléchit un moment et se gratta le menton avec perplexité.

— Ecoutez, Joanna, nous pourrions peut-être en discuter. Accepteriez-vous de dîner avec moi ce soir ?

— Je préfère parler métier le midi. Disons demain au déjeuner.

— Hélas, c'est impossible. Je repars à Paris dès demain matin. C'est ce soir ou jamais.

Joanna hésita. Philippe Moreau, légèrement penché vers elle, attendait sa réponse. Elle détailla le beau visage mâle et brun, le regard franc, les yeux marron piqués de reflets verts, la bouche bien dessinée...

— Entendu, monsieur Moreau.

— Parfait. Disons, au Rainbow Room, à huit heures ?

— Ça me va.

— Où dois-je vous prendre ?

— Je vous rejoindrai là-bas.

— C'est d'accord, donc. A tout à l'heure, Joanna. Et, je vous en prie, appelez-moi Philippe.

Il lui prit la main, la porta délicatement à ses lèvres et, tournant les talons, se fondit dans la foule.

Il était cinq heures et demie passées, quand Joanna arriva chez elle. Dehors, la neige formait une couche de plus en plus épaisse. Au coin de la rue, un orchestre de l'Armée du Salut jouait « O, douce nuit ». La jeune femme se glissa sous la douche brûlante en chantonnant machinalement le cantique et ferma les yeux. Peu à peu, la tension disparut de ses membres fatigués, ses idées s'éclaircirent, son moral remonta.

Elle avait donc perdu une manche. Bien. Philippe Moreau était un homme plein de charme dont il faudrait se méfier car il devait être habitué à obtenir tout ce qu'il voulait. Soit. Cependant, il avait sûrement un point faible et ne resterait pas insensible à la détresse d'une pauvre jeune femme sans défense implorant l'aide du puissant homme d'affaires qu'il était pour acquérir une œuvre dont dépendait sa carrière...

Telle serait la meilleure tactique : faire appel à son esprit chevaleresque. Peu d'hommes résistaient à ce procédé vieux comme le monde. Et surtout, ne pas jouer les séductrices. Il ne fallait à aucun prix qu'il se méprît sur ses intentions...

Satisfaite de son plan, elle examina son reflet dans la glace d'un œil critique. Toute modestie proscrite, il lui fallait admettre que l'ensemble était plutôt flatteur. Sa longue chevelure brune faisait admirablement ressortir la blancheur nacrée de sa peau d'albâtre ; son corps fin et musclé de jeune fille lui donnait une apparence trompeuse de fragilité, que démentaient l'assurance et la vivacité qui brillaient dans ses yeux de jais.

Elle choisit une petite robe en laine noire, toute simple, avec un col en V qui soulignait l'ovale de son visage enfantin. Hésitant à se

15

parfumer, elle décida finalement de ne pas risquer de troubler inutilement Philippe Moreau et, pour toute parure, se contenta de discrètes boucles d'oreilles en or.

Dans le taxi qui l'emportait, la jeune femme regardait clignoter les lumières de Noël. Au coin de la Cinquième Avenue, des musiciens emmitouflés jusqu'aux oreilles jouaient du Haendel. La musique parvenait en trilles de notes harmonieuses qui s'assourdirent au fur et à mesure qu'elle s'éloignait.

Le chauffeur déposa Joanna au pied d'un gratte-ciel. En un instant, un ascenseur ultra-rapide la transporta au sommet de l'édifice, en plein cœur de Manhattan.

— Mademoiselle Dillon ? s'enquit le maître d'hôtel. Veuillez me suivre. Monsieur Moreau vous attend à la table qu'il a réservée.

L'immense baie panoramique dominait New York, toute ruisselante de lumières qui s'étendaient à l'infini.

— Bonsoir, Joanna.

Souriant, Philippe Moreau s'était levé pour l'accueillir et il l'aida à enlever son manteau de fourrure, qu'il tendit au maître d'hôtel.

— Vous avez envie d'un apéritif ?

Joanna commanda un martini dry. Lorsqu'ils furent seuls, Philippe lui tendit une magnifique orchidée blanche.

— Vous êtes ravissante... Et cette fleur vous va à merveille.

Joanna rougit, un peu confuse.

— Merci beaucoup. Elle est très belle. Nous parlons du Raphaël ?

16

Il s'agissait de ne pas perdre de vue le but de cette soirée...

— Mon Dieu, Joanna, vous êtes bien pressée ! Avant toute chose, dites-moi un peu qui vous êtes. Comment se fait-il qu'une aussi jeune femme représente la galerie Bainbridge et lance, sans sourciller, des enchères de cent cinquante mille dollars ?

— Monsieur Moreau, dois-je comprendre que, dans votre esprit, seul un homme d'âge mûr peut prétendre à la compétence dans son travail ?

Le collectionneur rit de bon cœur et leva son verre.

— Bien vu ! Au talent, donc. Sans distinction d'âge ni de sexe !

— Voilà qui est mieux !...

Elle leva son verre à son tour.

— Mais, pour répondre à votre question, monsieur Moreau...

— Acceptez de m'appeler Philippe, je vous en prie !

— Oui... Eh bien ! Philippe, je suis entrée chez Bainbridge aussitôt après l'université. Mes services ont été appréciés et, petit à petit, j'y ai réussi.

— La peinture vous passionne ?

— Celle de la Renaissance, essentiellement. Cette période me fascine.

— Bien sûr. Vous aimez l'ordre, la symétrie, l'harmonie des formes et des couleurs, la grâce et la mesure...

— Exactement ! Vous êtes un véritable sorcier !

— Oh non ! En matière d'art, les goûts d'une

personne révèlent assez bien son caractère. Mais, avouez-le-moi, faites-vous partie de ces gens qui se consacrent entièrement à leur carrière, ou bien...

— Ou bien ?

La jeune femme évita son regard. Elle prévoyait ce qui allait suivre.

— Je ne veux pas être indiscret, Joanna. Je me demandais simplement si vous étiez seule dans la vie.

— J'ai été mariée pendant quelque temps. Maintenant, si nous en venions au Raphaël ?

Il lui tendit le menu.

— Tenez, jetez-y un coup d'œil. Nous discuterons en dînant.

Le repas fut délicieux. De fil en aiguille, Joanna raconta son enfance à Saint Louis, les souvenirs qu'elle gardait des chaudes nuits d'été du Middle West, des remous tumultueux du Missisipi et du Missouri qui joignaient là leurs cours, du bonheur qu'elle y avait connu... La vie trépidante de New York et son climat plus rude avaient d'abord été difficiles à supporter, puis elle s'y était très bien habituée.

— Les Européens, expliqua Philippe en dégustant un sorbet, les Européens, dont je suis, sont différents de vous. Notre vieux continent a été soumis à tant de bouleversements, ravagé par tant de guerres que les enfants y mûrissent très vite. Les garçons, chez nous, ont tôt fait de devenir adulte.

Joanna murmura d'un ton désabusé :

— Ici, c'est, hélas ! le contraire. Certains semblent se complaire dans une éternelle adolescence... Mais, je crois, Philippe, qu'il est grand temps de parler du Raphaël.

— Oui, oui, bien sûr. Un dessin magnifique, en vérité. Vous qui aimez la Renaissance, vous devez en apprécier l'extraordinaire finesse.

— Absolument. Vous comprendrez donc à quel point il serait important pour moi que vous acceptiez de me le céder.

— Vous pensez le garder ?

— Oh non ! Je ne pourrais malheureusement pas me permettre une telle folie. Mais l'obtenir représenterait pour moi une grande satisfaction professionnelle.

— Je comprends.

Il réfléchit un moment et poursuivit :

— J'ai bien étudié ce dessin, Joanna. Et j'y ai découvert quelque chose d'assez surprenant.

La jeune femme lui jeta un coup d'œil empreint de curiosité.

— Vous connaissez, bien sûr, cette toile du Louvre où saint Georges, monté sur un cheval, lève son épée sur le dragon agonisant ; une œuvre superbe et parfaitement équilibrée, où, finalement, le dragon constitue le personnage le plus émouvant. Saint Georges y est peint sous les traits d'un justicier vengeur et étranger à la pitié... Or, et vous conviendrez que le fait est étonnant, dans le dessin que j'ai acquis, saint Georges paraît beaucoup plus vulnérable. Son regard exprime une détresse au moins égale à celle du dragon.

— Où voulez-vous en venir ?

— Eh bien, ma chère Joanna, je crois qu'en réalité ce dessin n'est pas une étude du tableau, mais en est, au contraire, une sorte de conclusion. Pour moi, il lui serait ainsi postérieur. C'est le travail d'un artiste mûri par l'âge et l'expérience et qui a appris l'indulgence. C'est ce qui rend cette pièce inestimable.

— Votre hypothèse est passionnante, Philippe. Mais implique-t-elle que vous refusiez de vous en séparer ?

— Je suis descendu à l'hôtel Sheraton. Venez donc prendre une tisane avec moi. Nous examinerons tranquillement ce problème.

— Non, il est tard et je préfère rentrer. Je n'habite pas loin d'ici. Accompagnez-moi. Malgré le froid, il sera agréable de marcher et nous pourrons causer.

Dehors, la neige tombait de plus belle, mais le vent s'était calmé.

— Vous avez vraiment envie de vous promenez dehors par ce temps ? demanda-t-il en lui offrant le bras.

— Bien sûr ! J'adore la neige !

Elle aiguilla de nouveau la conversation sur le sujet qui la préoccupait. Philippe Moreau discourut avec brio sur la Renaissance et elle ne put s'empêcher d'admirer l'étendue de ses connaissances, ainsi que l'aisance avec laquelle il développait des points de vue pertinents et originaux. Il aurait fait un fameux critique d'art !

Mais lorsqu'ils arrivèrent devant la porte de son immeuble, elle n'avait pas obtenu de réponse quant au Raphaël.

— Nous y sommes, fit-elle avec un sourire un peu forcé. Au revoir.

Elle lui tendit la main.

— Vous ne m'invitez pas à prendre un verre ? Je suis frigorifié, vous savez.

— Non, Philippe. Je suis fatiguée et je veux dormir. Une dernière fois, acceptez-vous ou non de me vendre le tableau ?

— Je vous en prie, Joanna, cessez de me harceler et de refuser que nous buvions un dernier verre. Votre armure est plus épaisse que celle de saint Georges en personne ! De plus, ajouta-t-il dans un sourire, je n'ai rien d'un dragon !

Il se pencha vers elle et, avant que la jeune femme comprenne ce qui se passait, posa doucement ses lèvres sur les siennes. Malgré le froid, Joanna sentit une onde brûlante la submerger. La douceur du baiser, la chaleur de l'étreinte, un besoin de tendresse si longtemps refoulé... L'espace d'un instant, elle faillit se blottir dans les bras de cet homme si séduisant, oublier que l'amour entraîne forcément la souffrance...

Elle se ressaisit et le repoussa de toutes ses forces.

— Monsieur Moreau, fit-elle sèchement, j'ai accepté de dîner avec vous dans le seul but de parler affaires. Il semble que vous vous soyez mépris sur mes intentions, et moi sur les vôtres.

— Allons, Joanna, vous n'êtes pas de glace. Vous avez eu envie de me rendre ce baiser...

— Pour le Raphaël ! Mais dites-vous bien que je n'en ferai pas davantage pour vous gagner à ma cause !

Philippe Moreau pâlit de colère.

— Mademoiselle Dillon, j'ai passé des années à évaluer l'authenticité et le prix des belles choses. Permettez-moi de vous dire que vous surestimez un peu votre valeur.

Sur ces mots, il tourna les talons et disparut dans la nuit. Joanna resta immobile sous la neige, figée de colère et d'étonnement. Au loin résonnaient encore les derniers cantiques de l'Armée du Salut.

2

A quelques pas de la Cinquième Avenue, les bureaux de la galerie Bainbridge étaient installés dans un immeuble cossu très « fin de siècle ». A ses débuts, l'élégance des lieux avait intimidé Joanna. Elle s'était sentie un peu déplacée dans ce cadre luxueux. Pourtant, après un mois, la gentillesse de ses collègues et de M. Bainbridge lui-même lui avait redonné aisance et confiance en elle. Dans l'univers feutré qui était celui de son travail, évoluaient des êtres qui, de par leurs aspirations, lui ressemblaient beaucoup. Définitivement débarrassée de tout sentiment d'infériorité, elle avait su se faire apprécier de ses associés pour son charme et sa compétence.

C'était un de ces matins froids et venteux où l'on n'a guère envie de sortir de chez soi. Durant la nuit, la neige, qui s'était amassée sur les trottoirs, les avait transformés en patinoire. Joanna qui s'était réveillée d'assez méchante humeur et le moral au plus bas ne voulait pas affronter les éléments et elle décida de prendre un taxi. Dans la voiture, elle essaya vainement de chasser de son esprit l'épisode de la veille. Dire que ce don Juan allait s'envoler pour Paris avec « son » Raphaël ! Quelle misère !

Quand elle arriva au bureau, la réceptionniste, une demoiselle d'un certain âge et très distinguée, la salua gentiment.

— Bonjour Joanna.

— Bonjour, Gwen. Quel temps !

— Oui. Et d'après la radio, ce n'est pas fini. Il y a une masse d'air froid qui arrive d'Islande. Au fait, Larry, votre assistant, a essayé de vous joindre chez vous, mais vous étiez déjà partie.

— Vraiment ? Je me demande ce qu'il avait d'urgent à me dire.

A peine était-elle arrivée dans son immense bureau percé de grandes baies vitrées que Larry surgit en brandissant une tasse de café dans chaque main.

— Enfin, te voilà ! Je commençais à m'inquiéter. Tu es en retard ce matin, ce qui ne t'arrive jamais.

Larry était un garçon d'une trentaine d'années, grand et mince, toujours tiré à quatre épingles et affublé de petites lunettes rondes qui donnaient l'impression qu'il était perpétuellement étonné. En dépit de cette allure plutôt curieuse, Joanna savait qu'elle pouvait compter sur lui. Il veillait sur elle comme un véritable père.

— Tiens, goûte ce café. C'est un nouveau mélange dont tu me diras des nouvelles.

Elle huma le liquide brûlant et l'avala à

24

petites gorgées. Larry s'assit sur le coin du bureau et la dévisagea d'un air mystérieux.

— Excellent ! Mais je suppose que ce n'est pas pour m'annoncer cette trouvaille que tu as appelé chez moi tout à l'heure. Que se passe-t-il ?

— Oh ! Tu es déjà au courant ? Les nouvelles vont vite !

Ses yeux pétillaient derrière ses lunettes.

— Joanna, ma chère, on peut dire que tu as une sacrée veine !

Il garda le silence.

— Larry, j'aimerais que tu en viennes au fait ; sinon je vais me fâcher !

— Bien, bien ! Je voulais créer un captivant suspense... Mais puisque tu insistes, figure-toi que j'ai sur mon bureau un rapport écrit par le directeur en personne et qu'il y est question de toi !

— Larry !

— Je cours le chercher. Tu le liras toi-même.

Joanna reconnut le papier à en-tête de M. Bainbridge. Un peu intriguée, elle parcourut le premier paragraphe et son joli visage s'éclaira d'une joie enfantine.

Larry intervint, ravi.

— Alors, que t'avais-je dit !

Mais, stupéfait, il vit le sourire de la jeune femme se transformer en une grimace de dépit.

— Oh ! non, murmura-t-elle, rouge de confusion.

— Joanna, que se passe-t-il ? Tu ne vas pas te trouver mal ?

Très pâle à présent, assise toute droite à son

bureau, les lèvres pincées, le menton volontaire, elle articula lentement :

— Je n'irai pas. C'est impossible.

Larry ne put cacher sa stupéfaction.

— Comment ? Mais tu es folle ! Tous tes collègues donneraient six mois de salaire pour décrocher une affaire pareille !

— Je la leur laisse avec plaisir. Je ne veux absolument pas remplir cette mission !

Elle se leva, sortit dans le couloir et frappa à la porte de Jason Strand. Pas de réponse. Le bureau était vide.

Larry, qui l'observait d'un air perplexe, l'informa d'une voix égale :

— Strand n'est pas là. Il est allé voir une exposition à Long Island. Et il est inutile de chercher Barbara. Elle est absente pour plusieurs jours...

Joanna fronça les sourcils.

— En ce cas... M. Bainbridge est-il là ?

— Le directeur ? Mais enfin, Joanna !

Elle le foudroya du regard.

— Il est là-haut, fit Larry à regret.

— Parfait.

Elle tourna les talons et se dirigea vers l'escalier d'un pas décidé.

— Joanna, promets-moi de ne pas commettre de bêtises, gémit son malheureux assistant.

Mais la jeune femme ne l'entendait déjà plus. Arrivée au second, elle ralentit le pas et reprit son souffle. Le palier, tapissé d'une épaisse moquette bordeaux, était éclairé par un vitrail moderne représentant un jongleur en costume de clown lançant des balles multicolores. Mille

26

reflets chatoyants jouaient avec la lumière hivernale et donnaient l'illusion d'un soleil éclatant.

Joanna, qui n'appréciait pas vraiment cette œuvre de jeunesse exécutée par Picasso, eut une petite moue réprobatrice et poursuivit son chemin jusqu'à l'imposante porte d'acajou. « La Chambre Royale », comme disait Larry ! Elle frappa.

— Qui est-ce ? demanda une voix assurée, au timbre riche et profond.

— Joanna Dillon, monsieur Bainbridge. Puis-je vous parler un instant ?

— Bien sûr ! Entrez, Joanna, je vous en prie.

La pièce était superbe. De splendides tapis persans disposés çà et là recouvraient en partie le parquet en pointe de Hongrie. Au mur, des œuvres modernes contrastaient harmonieusement avec le classicisme du mobilier : des tableaux de Braque, de Matisse, de Duffy, tous artistes favoris de M. Bainbridge. Une agréable odeur de tabac pour pipe flottait dans l'air.

Un peu impressionnée, Joanna s'approcha du bureau. Avec sa belle barbe grise et sa forte carrure, M. Bainbridge ressemblait plus à un vieux loup de mer qu'au propriétaire richissime d'une des plus grandes collections du monde. Ses ancêtres, il est vrai, avaient été marins.

— Eh bien, Joanna, qu'y a-t-il ?

— Monsieur Bainbridge, demanda la jeune femme d'une voix hésitante, êtes-vous satisfait de mon travail ?

— Mais... bien sûr. Quelle question !

— Et vous m'accordez toute votre confiance ?

M. Bainbridge la regarda d'un air surpris.

— C'est exact, Joanna. J'ai d'ailleurs préparé une note à votre intention. Je voudrais vous confier une affaire délicate et qui est tout à fait dans vos cordes.

Joanna tendit le document.

— C'est de cela qu'il s'agit ?

— Je vois que vous êtes au courant, dit-il avec un sourire.

La jeune femme hocha la tête d'un air navré.

— Monsieur Bainbridge, je vous remercie beaucoup d'avoir pensé à moi, mais je ne peux pas accepter.

— Oh ?...

Bainbridge la dévisagea un moment, saisit sa pipe et la bourra posément.

— Puis-je en connaître la raison ?

— Je suis désolée, mais c'est impossible.

Il approcha un lourd briquet en or du foyer en écume de mer et aspira une longue bouffée de fumée odorante.

— Asseyez-vous, Joanna, proposa-t-il gentiment. Maintenant, dites-moi : avez-vous des ennuis personnels qui exigent que vous restiez à New York ?

— Non, monsieur, ce n'est pas le cas.

— Vous rendez-vous compte de ce que cette affaire représenterait pour votre carrière ? Je vous envoie en Europe pour acquérir une collection unique : Léonard de Vinci, Verrocchio, Botticelli... Une chance exceptionnelle se présente à vous, ne la laissez pas passer !

— Je comprends, monsieur, et je suis très honorée que vous fassiez appel à moi pour cette mission. Mais je ne peux vraiment pas l'accepter et croyez bien que je ne la refuse pas avec plaisir.

Bainbridge eut une moue d'incompréhension.

— Pardonnez-moi, Joanna, mais je me permets d'insister pour connaître la cause de votre décision.

La jeune femme hésita. Comment lui expliquer ? C'était si délicat...

Elle se jeta à l'eau.

— Voilà... Cette transaction doit se négocier avec Philippe Moreau et, en aucun cas, je ne veux avoir affaire à lui.

— Mais enfin, M. Moreau est un des experts les plus respectés du Vieux Continent !

— Peut-être... admit-elle à contrecœur. Comment pouvait-on respecter un tel homme ?

— Il m'est impossible de travailler avec lui, ajouta-t-elle dans un murmure.

Joanna sentit que son directeur posait sur elle un œil inquisiteur.

— Vous connaissez Philippe Moreau ?

— Pas très bien, balbutia la jeune femme en rougissant. Suffisamment, cependant, pour être sûre que nous ne parviendrons pas à nous entendre.

— Voyons, Joanna, comment pouvez-vous affirmer une chose pareille ?

Elle n'avait plus le choix : il lui fallut expliquer de quelle manière le Raphaël lui avait échappé, la tactique qu'elle avait adoptée pour essayer de le racheter, et les incidents désagréables qui avaient clos la soirée.

— Voilà. Nous nous sommes donc quittés en

très mauvais termes, c'est le moins que l'on puisse dire...

M. Bainbridge parut réfléchir intensément, puis il répondit :

— Joanna, professionnellement, je vous considère comme une collaboratrice de premier ordre. Mais laissez-moi vous dévoiler le fond de ma pensée : une femme, jeune et jolie comme vous l'êtes, court certains risques qu'elle doit savoir contrôler... et même parfois prévoir.

— Mais j'espérais qu'en acceptant de dîner avec M. Moreau, je parviendrais à...

Bainbridge eut un geste apaisant.

— Bien sûr. Vous avez fait votre possible pour récupérer le Raphaël. Philippe Moreau — qui, soit dit en passant, est un homme de goût — Philippe Moreau, de son côté, a, lui aussi, cherché à obtenir ce dont il avait envie. Vous avez échoué tous les deux. Je n'y vois pas de motifs suffisants pour manquer une occasion pareille.

— Mais...

— Assez discuté, Joanna. Vous exercez fort bien un métier difficile, et vos sentiments personnels ne doivent pas intervenir dans votre travail. Surtout quand il s'agit de telles vétilles ! M. Moreau, finalement...

La jeune femme l'interrompit brusquement.

— Monsieur Bainbridge !

— D'ailleurs, il faut que vous gardiez à l'esprit que vous le rencontrerez pour affaires, en tant que représentante à Paris de mes intérêts. Vous mettrez donc de côté tout projet de revanche affective ou sentimentale. Vous avez bien compris ?

— Je... Oui, monsieur.

Sous le regard autoritaire de son directeur, Joanna éprouvait les mêmes sentiments que si elle avait été une petite fille prise en faute. Le pouvoir de persuasion de Bainbridge, la confiance justifiée qu'il avait dans la sûreté de son jugement en avait fait un des maîtres incontestés du monde des arts et rendait toute discussion inutile.

— Nous sommes donc d'accord. Bien entendu, je ne vous demande pas de céder aux avances de M. Moreau ; soyez simplement aimable avec lui. Je suis persuadé que vous mènerez cette affaire tambour battant et que tous y gagneront : vous, moi, et même Philippe Moreau.

— Oui monsieur.

Il se leva et lui tendit la main en souriant avec chaleur.

— Allez, Joanna. Ramenez-nous ces chefs-d'œuvre que vous aimez tant. Et que cela ne vous empêche pas de profiter de Paris !

« Profiter de Paris ! » Facile à dire, songeait-elle en regagnant son bureau. Elle devrait surtout se méfier du trop séduisant Philippe Moreau. Le souvenir de ce baiser... Elle avait bien failli lui céder. A Paris, il serait sur son territoire ; et elle, à sa merci...

3

Un pâle soleil d'hiver perçait à grand-peine la brume matinale qui flottait sur l'aéroport de Roissy-Charles-de-Gaulle. Les pendules marquaient dix heures, et, compte tenu du décalage horaire, il devait être quatre heures du matin à New York où Joanna avait embarqué la veille au soir.

Elle passa la douane sans encombre et, un peu étourdie par la fatigue, se laissa tomber sur la banquette arrière d'un taxi.

— Hôtel Bristol, s'il vous plaît, indiqua-t-elle en parlant un français hésitant.

Le chauffeur, un petit bonhomme moustachu coiffé d'un béret, évoquait irrésistiblement à la jeune femme certaines caricatures du Parisien type et elle s'en amusa.

— C'est la première fois que vous·venez à Paris, mademoiselle ?

— Oui, en effet.

Elle étouffa un bâillement.

— Ah ! La fatigue du voyage ! Ne vous en faites pas, elle ne durera pas.

— J'espère bien. J'ai beaucoup de travail cet après-midi, lui confia-t-elle, gagnée par son optimisme communicatif.

Une demi-heure plus tard, ils étaient au cœur de la capitale. Avec une habileté époustouflante, le petit chauffeur se frayait un chemin à travers la folle circulation parisienne. Il dépassa la gare Saint-Lazare, contourna la place Saint-Augustin où voltigeaient des pigeons, enfila l'élégante rue de La Boétie et déboucha rue du Faubourg-Saint-Honoré. Eblouie, Joanna en admirait les façades élégantes et bien proportionnées qui respiraient l'équilibre et le bon goût. Quelle différence avec New York ! Bien sûr, chaque building y constituait un tour de force architectural très impressionnant, mais nul impératif d'unité ou d'harmonie n'avait dirigé leur élaboration. Ici, les lois immuables de l'ordre et de la mesure avaient présidé à la construction de ces immeubles vénérables et patinés par le temps. Paris devait être une ville fort agréable à vivre, songeait Joanna qui en oublia un instant l'angoissante perspective qui l'attendait.

— Nous sommes arrivés, mademoiselle.

Le taxi s'était rangé le long d'une superbe bâtisse qui ressemblait davantage à un petit château qu'à un banal hôtel international.

Un portier en livrée vint à sa rencontre, prit les bagages de la jeune femme et la conduisit à la réception, installée au fond d'un hall somptueux entièrement décoré du mobilier précieux et raffiné du dix-huitième siècle. La jeune femme apprécia avec ravissement une délicieuse commode aux pieds arrondis et un petit guéridon Louis XV. Au mur, entre autres merveilles, étaient accrochés un portrait de Marie-Antoinette ainsi qu'un buste de Louis XVI. La petite Américaine n'en croyait pas ses yeux. M. Bainbridge l'avait envoyée dans un véritable musée !

Des couples élégants bavardaient dans un salon orné d'immenses plantes vertes qui entouraient une fontaine jaillissant d'une vasque de marbre.

A la réception, un homme grisonnant et très digne confirma la réservation de Joanna dans un anglais impeccable et rassurant. La jeune femme avait craint, en effet, que son français limité ne lui posât des problèmes. Jusqu'à présent, tout se passait très bien et les gens se montraient charmants. Elle en profita pour demander le chemin de la galerie Arden.

— Certainement, mademoiselle. C'est à gauche en sortant, juste après la galerie Heim.

L'homme s'inclina avec un sourire et appela un chasseur qui prit ses valises et l'emmena jusqu'à sa chambre, située au deuxième étage. De nouveau, elle eut l'impression étrange d'être transportée deux siècles en arrière. Ces meubles, ces tableaux, ces tentures, elle avait, en étudiant l'histoire de l'art européen à l'université, appris à les reconnaître, à les aimer. Mais il y avait quelque chose d'étonnant à se trouver brusquement projetée au milieu de toutes ces merveilles. Pour un peu, elle se serait penchée à la fenêtre pour voir passer des carrosses et des cavaliers sur leurs montures empanachées.

Elle se passa la main sur les yeux et se sentit prise d'un léger vertige. La fatigue lui jouait des tours! Un bon bain chasserait peut-être sa lassitude. Bientôt, elle se glissa dans l'eau chaude, parfumée et moussante qui l'enveloppa comme une caresse. Mon Dieu, comme c'était bon!... Mais ce n'était pas le moment de se laisser aller. Dans un sursaut d'énergie, elle se frictionna vigoureusement et sortit du bain un peu revigorée. Drapée dans une luxueuse serviette brodée des chiffres de l'hôtel, elle vida ses valises.

Qu'allait-elle choisir comme tenue pour son entrevue avec Philippe Moreau? Elle fit la grimace. Ce rendez-vous, décidément, ne l'enchantait guère et il lui fallait pourtant taire toute réticence. Elle opta finalement pour un pull noir en cachemire et une jupe ample serrée à la taille par une ceinture dorée. Un collier assorti et des boucles d'oreilles pour égayer l'ensemble, un soupçon de maquillage, voilà qui était charmant et distingué. Son élégance et sa réserve inciteraient peut-être son interlocuteur à garder ses distances, tout en lui montrant bien que leur dernière rencontre n'avait en rien entamé sa confiance en elle.

Assise sur le lit à baldaquin, elle décrocha l'interphone et demanda le numéro de Philippe Moreau. La sonnerie retentit et Joanna prit une profonde inspiration.

— Galerie Arden, bonjour! annonça une voix fraîche.

— Bonjour. M. Moreau, s'il vous plaît? articula-t-elle avec difficulté.

Le français, vraiment, n'était pas son fort!

— Il est absent pour le moment. C'est de la part de qui ? reprit la voix en bon anglais.

Joanna soupira, soulagée.

— Je suis Joanna Dillon, de la galerie Bainbridge, j'arrive de New York, et M. Moreau attend ma visite...

— Ah oui ! bien sûr, mademoiselle Dillon. Je suis au courant. M. Moreau a laissé un message pour vous. Il a eu une obligation de dernière minute et vous prie de bien vouloir l'excuser. Pourriez-vous rappeler vers trois heures cet après-midi ?

Joanna sentit la colère la gagner et faillit répondre sèchement, mais sa conscience professionnelle l'emporta.

— Je préfère passer directement. A trois heures, donc.

— Très bien. Au revoir, mademoiselle Dillon.

Elle raccrocha le combiné et tapa du pied impatiemment. C'était tout de même vexant ! Malgré sa fatigue, elle s'était soigneusement préparée pour ce rendez-vous et se retrouvait là, sans savoir que faire jusqu'à trois heures.

Elle réfléchit. Après tout, pourquoi ne pas profiter de ce contretemps pour explorer Paris ? Sans plus hésiter, elle enfila sa fourrure et l'instant d'après, elle déambulait dans la rue du Faubourg-Saint-Honoré, émerveillée par le luxe des boutiques aux noms prestigieux. Tout ce qui faisait de Paris la capitale mondiale de la mode et du bon goût était réuni là, dans ce quartier privilégié où M. Bainbridge avait eu la bonne idée de l'envoyer.

Elle se promit de faire quelques emplettes

avant de repartir vers ses gratte-ciel. Une paire de gants, un sac, un flacon de parfum peut-être... Après tout, c'était Noël et, pensa-t-elle avec un petit pincement au cœur, personne ne serait là pour le lui souhaiter.

La brume s'était levée. Dans l'air sec et vif, le soleil hivernal caressait les arcades patinées de l'hôtel Crillon. Elle flâna dans le jardin des Tuileries et traversa le pont de la Concorde, l'esprit rempli des épisodes historiques qui s'étaient déroulés sur cette place fameuse. Se dressait devant elle la Chambre des députés. Sans se presser, elle prit la rive gauche et longea la Seine en direction de Notre-Dame dont les gargouilles, au loin, se profilaient sur le ciel bleu. Charmée par le spectacle, elle en oubliait le froid, qui faisait se hâter les passants, et son entrevue prochaine avec Philippe Moreau.

Un coup d'œil sur sa montre lui apprit qu'elle avait le temps de se réchauffer un instant dans un café avant de gagner tranquillement la galerie Arden. Si seulement cette affaire pouvait se conclure dès aujourd'hui ! Elle aurait ainsi l'esprit plus libre pour visiter Paris.

A trois heures précises, elle se présentait à la réception.

— M. Moreau vous attend, mademoiselle Dillon, déclara la jolie blonde qui veillait sur ce temple du négoce artistique.

La galerie Arden, contrairement à la plupart des nombreuses galeries du quartier, était réservée aux professionnels et peu de particuliers s'y aventuraient. Le cœur battant, Joanna traversa un hall immense aux murs blancs et décorés de toiles modernes aux couleurs vives. Machinalement, elle arrangea sa coiffure avant de frapper.

— Entrez, mademoiselle Dillon.

Philippe Moreau se leva de son bureau et lui sourit.

— Je vous prie d'excuser mon retard. J'ai dû assister à une réunion imprévue et...

— Je vous en prie. Ce n'est pas bien grave.

Joanna ne put s'empêcher d'être sensible à son charme. Elle savait par expérience qu'elle ne pouvait s'y fier mais, après tout, s'il voulait se montrer agréable, elle n'y trouvait rien à redire.

— J'espère que nous pourrons conclure rapidement l'affaire pour laquelle je suis venue vous voir.

— Bien sûr, je comprends... Je dois vous avouer une chose, mademoiselle Dillon : quand j'ai su que M. Bainbridge vous envoyait, j'ai pensé qu'il serait encore question de ce fameux Raphaël.

Joanna se raidit. Pourquoi évoquer cet épisode déplaisant ? Cherchait-il à la provoquer ? Eh bien, il n'y parviendrait pas. Elle ne se départirait pas de son calme et, quoi qu'il arrive, maintiendrait la discussion sur un plan strictement professionnel.

— Ce n'est pas le but de ma visite, monsieur Moreau. Néanmoins, si vous décidiez de vous en séparer, j'en serais bien évidemment ravie.

— Mais je suppose que vous auriez alors quelque chose d'intéressant à me proposer.

L'allusion était claire et Joanna rougit de colère. Ses bonnes résolutions s'envolèrent.

— Monsieur Moreau, vos insinuations me

déplaisent et personne ne peut m'obliger à les supporter.

— Vous avez parfaitement raison, mademoiselle Dillon. D'ailleurs, je ne vous retiens pas...

Elle le fixa un instant, incrédule. Mais oui, elle avait bien compris ! Elle se leva d'un bond, tourna les talons et se dirigea vers la porte, indignée. Cette fois, il dépassait toutes les limites et elle n'allait pas se laisser injurier par lui sans réagir. Au diable l'affaire qu'elle était venue traiter !

Mais, en ouvrant la porte, elle se vit soudain en train d'expliquer à M. Bainbridge les raisons de son échec. Il ne lui pardonnerait pas et, sans aucun doute, la renverrait.

Paralysée par l'angoisse, elle restait là, la main sur la poignée, incapable de prendre une décision. Quelle situation, mon Dieu ! Etait-elle condamnée à tout gâcher ? Son mariage, son métier... Les hommes, décidément, semblaient s'être donné le mot pour l'humilier. De grosses larmes lui montèrent aux yeux. Non, non Joanna ! Pas maintenant... Pas ici ! Mais ses efforts furent vains. Tremblante, incapable de refouler les sanglots qui la secouaient, elle enfouit son visage dans ses mains et donna libre cours à son chagrin.

Combien de temps resta-t-elle ainsi, debout devant la porte, à pleurer comme une enfant ?... Elle commençait à se calmer quand Philippe Moreau vint doucement la prendre par les épaules. Sans lui opposer de résistance, elle se laissa entraîner vers le sofa et s'assit docilement.

— Tenez, buvez ce cordial.

Elle leva les yeux vers lui, hésitante. Seigneur, elle devait être belle à voir !

— Allons, buvez, insista-t-il. C'est du cognac.

Elle prit le petit verre qu'il lui tendait et avala une gorgée du liquide ambré. Un sentiment de bien-être, une chaleur réconfortante l'envahirent aussitôt.

— Je suis désolée, murmura-t-elle.

Elle prit un mouchoir dans son sac et essaya tant bien que mal de réparer les traces de son désarroi.

— Après ce qui est arrivé à New York, j'ai tout fait pour dissuader M. Bainbridge de me confier cette affaire, mais il n'a rien voulu entendre. J'ai alors supposé que je parviendrais à me comporter comme s'il ne s'était rien passé, en vraie professionnelle. J'ai échoué !

Il l'observa en silence, et dit enfin d'une voix douce :

— Je suis content que vous soyez venue, Joanna.

Elle lui jeta un regard incrédule.

— Comment ?

— Je suis heureux de vous voir. Oh ! pour être tout à fait franc, l'idée de devoir traiter avec vous ne me plaisait qu'à moitié ; il n'est jamais agréable de se faire éconduire et je pensais profiter de l'occasion pour vous montrer combien cela peut être humiliant.

— Eh bien, c'est réussi, dit-elle en reniflant. Vous pouvez être fier de vous.

Il hocha la tête, embarrassé.

— Non, Joanna, vous n'y êtes pas. Je

comprends à présent le courage qu'il vous a fallu pour venir ici.

— Bah ! pensez-vous ! J'ai des nerfs d'acier ! N'est-ce pas évident ? ajouta-t-elle avec un pauvre sourire.

— Je trouve, au contraire, que vous avez montré beaucoup de caractère.

Elle haussa les épaules, les yeux rivés sur la moquette.

— Certes, il n'est pas facile d'affronter stoïquement son adversaire, plus difficile encore d'oser mettre à nu les sentiments qu'on éprouve. Je vous admire, Joanna.

Il la prit par le menton et la força à le regarder dans les yeux.

— Vous m'avez prouvé que vous êtes non seulement une négociante habile, mais aussi un être humain sensible et vulnérable.

Elle eut un rire sans joie.

— Pour la sensibilité, je suis gâtée ! Je ne crois vraiment pas qu'il y ait lieu de m'en féliciter. Enfin... merci quand même.

Il était temps de partir avant qu'elle n'ait l'occasion de se ridiculiser davantage. En la voyant rassembler ses affaires, Philippe lui posa la main sur l'épaule.

— Joanna, que diriez-vous d'une trêve ? Peut-être même serait-il temps de faire la paix...

— Professionnellement, voulez-vous dire ?

— Non. Enfin, oui, bien sûr. Il faudra conclure les affaires qui nous préoccupent. Mais je pensais à autre chose. Je voudrais sincèrement que nous devenions amis.

Il avait parlé si gentiment qu'elle en fut tout

41

émue. Etait-ce possible ?... Etait-ce souhaitable ?
Le temps en déciderait.

— D'accord, monsieur Moreau.

— Philippe !

— Oui, Philippe. D'accord et merci.

Il remplit son verre de cognac et s'en servit un.

— A notre amitié, Joanna. Et à une fructueuse
collaboration.

Ils trinquèrent gravement. A présent qu'elle
était plus calme, Joanna goûta avec plaisir
l'alcool aux reflets cuivrés qui dansait dans son
verre.

— A propos, quand pourrez-vous me montrer
ces fameux tableaux ?

Philippe Moreau eut un geste apaisant.

— Il s'agit d'une affaire très délicate qui va
nous demander de la patience. Je dois d'abord
vous informer d'un certain nombre de points.

— Pourquoi pas maintenant ?

— C'est impossible. J'ai d'autres rendez-vous
cet après-midi. Dînons ensemble, si vous voulez.

Il fut sensible à l'hésitation que manifestait la
jeune femme.

— Je vous promets que tout se passera bien.
Vous me faites confiance, n'est-ce pas ?

— Oui, Philippe. Mais vraiment, je suis épui-
sée. Le décalage horaire, cette journée...

— Bien sûr, je comprends.

Il consulta son agenda.

— Ecoutez, je suis libre demain après-midi.
Joignons l'utile à l'agréable ; je peux vous faire
visiter Paris et en profiter pour vous expliquer la
situation. Ce sera plus sympathique que dans ce
bureau.

42

— Si vous voulez, Philippe. Je serais enchantée de me promener dans Paris avec vous.

Sur le chemin du retour, la tête lui tournait légèrement. La fatigue, bien sûr, mais aussi une étrange langueur qui ressemblait beaucoup au mal du pays. Ici aussi, on célébrait les fêtes, et les boutiques couvertes de guirlandes regorgeaient de cadeaux et de mets appétissants. Une foule joyeuse s'y pressait. On préparait Noël !

Mais seule, loin de chez elle, Joanna n'avait qu'une envie : dormir. Dormir pour oublier le Noël précédent qui avait consacré sa rupture avec Tony... Elle l'avait quitté, bouleversée et meurtrie, résolue à lui faire payer la peine qu'il lui avait infligée. Mais, au fil des mois, sa résolution avait fléchi et elle avait pardonné. Cependant, l'amour était mort, ils avaient divorcé. Sans doute les choses étaient-elles aussi bien ainsi. La solitude était préférable au carcan d'un mariage que l'amour a déserté. Simplement, elle savait désormais qu'on ne pouvait faire confiance aux hommes...

Le visage viril de Philippe Moreau trinquant à leur amitié chassa peu à peu l'image pâle et falote de son ex-mari. Oui, l'amitié, bien sûr... Mais suffisait-elle à remplir une vie ?

Arrivée dans sa chambre, morte de fatigue, les nerfs à fleur de peau, elle s'allongea sur le lit et pleura longuement avant de s'endormir enfin.

4

Ce lit à baldaquin, ces tentures, ces fauteuils élégants... Mais où était-elle ?

Elle reprit lentement ses esprits ; l'arrivée à Paris, la rencontre orageuse avec Philippe Moreau, leur amitié toute fraîche, son cafard d'hier soir lui revinrent en mémoire.

Elle jeta un coup d'œil à la pendulette. Midi, déjà ! Elle sauta hors du lit et se prépara en hâte. Philippe devait l'attendre.

Effectivement, le collectionneur était dans le hall et il l'accueillit avec un chaleureux sourire.

— Vous avez bien dormi ?

— Comme un bébé. J'en avais besoin. J'espère que je ne suis pas trop en retard.

— Pas du tout. Venez. Il faut absolument que vous goûtiez à un petit déjeuner français.

Il l'entraîna dans un salon et commanda du café et des croissants au beurre.

— Vous verrez, c'est délicieux.

Joanna mordit avec appétit dáns les croissants dorés et moelleux qui fondaient sous la langue.

— Alors, qu'en dites-vous ?

— Excellent, admit-elle.

Elle se versa une seconde tasse de café odorant.

— Quant à moi, mademoiselle Dillon, je n'ai pas fait la grasse matinée. Il me restait beaucoup de choses à régler avant que nous partions ensemble pour Florence.

Elle ouvrit de grands yeux.

— Florence ? Que voulez-vous dire ?

— C'est là-bas que se trouvent les tableaux.

— Mais pourquoi m'avoir fait venir à Paris ?

— Parce que cette affaire exige beaucoup de finesse et de doigté, ma chère Joanna. Je tiens beaucoup à prendre le temps qu'il faudra pour vous familiariser avec tous les problèmes qu'elle soulève. Il faut absolument que nous nous mettions d'accord sur tout.

— Vous m'intriguez. Cela me semble un peu..; théâtral.

— Peut-être. Mais voyez-vous, les rapports humains demandent parfois autant de subtilité et d'organisation qu'une véritable mise en scène.

— C'est le cas ?

— Tout à fait. Vous savez aussi bien que moi qu'il est infiniment délicat d'acquérir une douzaine de toiles de maîtres. Il faut y mettre les formes... Au fait, connaissez-vous le Louvre ?

— Non, pas du tout. Mais avons-nous le loisir de le visiter ?

— Absolument. Le départ pour Florence aura lieu demain matin. Nous disposons de l'après-midi et de la soirée pour parler travail. Vous n'oseriez pas manquer l'occasion de voir le plus beau musée d'Europe! C'est presque un devoir professionnel.

— Entendu. Allons-y.

Elle enfila son manteau et, bras dessus, bras dessous, comme deux vieux amis, ils descendirent vers la place de la Madeleine. Réglant son pas sur celui de Philippe, elle l'écoutait deviser gaiement. Il y avait du bon dans cette façon un peu nonchalante de traiter les affaires. Cela la changeait agréablement de la hâte agressive qui régnait à New York.

Ils prirent la rue Royale, traversèrent la place de la Concorde, arrivèrent quai des Tuileries, et là, la jeune femme découvrit enfin les colonnades du Louvre, élégantes et majestueuses, ses frises de nymphes et ses statues perchées sur d'imposants piliers.

— Alors, par quoi voulez-vous commencer?

Sans hésiter, Joanna opta pour la *Joconde*. Elle l'avait vue une fois, alors que la toile était exposée au Metropolitan Museum. Mais la cohue était telle qu'elle n'avait pu l'admirer tranquillement. A présent, elle pourrait déchiffrer à son gré le regard énigmatique de la mystérieuse jeune femme qui, au fil des siècles, n'avait cessé d'intriguer des millions d'admirateurs. Sans doute, chacun d'entre eux y avait-il lu un message différent, et c'était là le génie du grand Léonard de Vinci : que l'universalité de son œuvre sache toucher l'âme et le cœur de tous.

— Je l'ai vue cent fois, murmura Philippe, et toujours avec la même fascination. Regardez le paysage, à l'arrière-plan. Vinci n'a tenu aucun compte des lois de la perspective communément

46

admises au quinzième siècle. Et pourtant, la nature frémit, respire et vibre de vie. Et elle, impassible, assise malgré cette effervescence, nous sourit... Connaîtra-t-on jamais son secret ?

Ils restèrent plusieurs minutes ainsi, côte à côte et silencieux, saisis par la même émotion devant cet étonnant portrait. Enfin, comme à regret, ils se dirigèrent vers les salles voisines. Joanna reconnut une *Vierge à l'Enfant* de Raphaël, s'arrêta devant *Les Noces de Cana* de Véronèse, que Philippe avoua ne pas aimer beaucoup, et pendant plus d'une heure, se régala des chefs-d'œuvre de la Renaissance italienne.

Ensuite, son compagnon lui proposa de se rendre dans l'aile réservée à des œuvres plus modernes, celles de Toulouse-Lautrec, de Cézanne ou de Van Gogh, mais la jeune femme préféra arrêter là la visite.

— La tête me tourne déjà, expliqua-t-elle. Je me fatigue plus vite que lorsque j'étais étudiante ! Et puis il n'est pas bon de tout voir en une fois.

— Comme vous voulez, Joanna. En ce cas, je connais un merveilleux café sur la rive gauche où nous pourrons bavarder tranquillement. Autrefois, c'était le rendez-vous de tous les artistes.

Il voulait parler des Deux Magots, le fleuron du boulevard Saint-Germain. Lorsqu'ils y furent installés, Philippe entreprit d'évoquer le prestigieux passé de cet endroit fameux où s'étaient retrouvés des gens aussi différents que Modigliani, Cocteau, Hemingway...

— Le soir, ils restaient là, à discuter de leur travail pendant des heures.

— A propos de travail, informez-moi donc de ce qui nous attend à Florence !

— Vous ne perdez pas de vue l'objet de notre rencontre !

— Ne soyez pas injuste. Je n'ai pas abordé le sujet de tout l'après-midi.

— C'est vrai, Joanna. Grâce à vous, j'ai passé quelques heures extrêmement agréables et je vous en remercie. Je crois que notre relation toute neuve est sur la bonne voie. Nous avons beaucoup de goûts en commun. C'est important pour des amis...

Leurs yeux se croisèrent une brève seconde et Philippe lui sourit.

— Bien, je vais tâcher de vous expliquer la situation. Habituellement, quand je m'occupe d'une affaire, mon rôle consiste à servir d'intermédiaire entre les deux parties intéressées. M. X veut vendre une œuvre d'art, M. Y désire l'acheter ; je me charge de la transaction. En général, X et Y ne se rencontrent même pas.

— Je comprends.

— Le cas présent est tout différent. D'abord, sont concernées non pas une mais plusieurs toiles. De plus, ce sont de véritables chefs-d'œuvre, exécutés par les plus grands peintres de notre civilisation.

— Oui, je sais. M. Bainbridge m'a parlé, entre autres, d'un Botticelli et d'un Léonard de Vinci.

— C'est exact. Mais ce qui rend l'affaire si particulière, c'est moins l'importance de la vente elle-même que la nature très singulière des vendeurs. Il s'agit, en effet, d'une famille appartenant à la vieille noblesse européenne ; les tableaux en question lui appartiennent depuis toujours. Certains furent même commandés par ses ancêtres.

Joanna hocha la tête, impressionnée par ces révélations.

— Je vois... Mais je ne saisis pas bien en quoi cela pose un problème.

— Je vais essayer de vous expliquer. Il est difficile pour une Américaine de bien saisir ce que signifie le fait d'être noble. Chez vous, les aristocrates sont des hommes politiques, des vedettes de cinéma, des champions ou des milliardaires, bref, des célébrités. Pour nous, Européens, il s'agit de tout autre chose. Les nobles sont devenus extrêmement discrets mais ils représentent une tradition séculaire qui a fait de l'Europe une des plus grandes civilisations du monde.

— Quel sérieux ! Vous ressemblez à un professeur d'histoire.

Philippe ne put s'empêcher de sourire.

— Mais c'est « sérieux », Joanna ! Il faut absolument que vous compreniez ce que je vous expose. Ces grandes familles aristocratiques arrivent presque toutes à leur déclin et disparaîtront bientôt, emportant avec elles la somme de connaissances et de traditions qui leur sont attachées. L'Europe, peu à peu, est en train de perdre son âme.

— Je comprends.

— Aussi, vous comprendrez que, lorsque l'une de ces familles, acculée par des revers de fortune, se voit contrainte de vendre des trésors accumulés au cours des siècles, la transaction doive se dérouler dans la plus grande dignité. Tel est le cas de l'affaire qui nous occupe.

A mesure qu'il parlait, le respect de la jeune femme pour l'orateur n'avait cessé de croître. En le connaissant mieux, elle découvrait un homme émouvant, passionnément attaché à des valeurs qui dépassaient de loin les préoccupations purement mercantiles.

Elle eut soudain envie de lui prendre la main, de l'assurer qu'elle l'avait compris et qu'il pouvait avoir confiance en elle. Un accès de pudeur l'en empêcha.

— Une telle vente, poursuivait Philippe, ne peut se faire sur photos. Il est indispensable que vous voyiez les œuvres elles-mêmes.

Joanna approuva.

— Nous irons donc à Florence. Par ailleurs, je crois être en droit de prétendre que la famille Di Stephano m'accorde toute son estime et je me dois de l'honorer en veillant aux intérêts de la princesse Pamela, dernière de sa lignée. Cette vente est pour elle d'une extrême importance.

— Je vois, assura Joanna, émue par cette chevalerie d'un autre âge. Mais pensez-vous pouvoir m'aider à inspecter la collection de façon que cette dame ne soit pas froissée !

— Je crois que oui... Les Di Stephano m'ont convié à un dîner dans leur domaine. Vous m'accompagnerez en amie et non en acquéreur.

Joanna lui lança un regard surpris.

— C'est pourquoi je voulais prendre le temps

de vous connaître un peu. Ne serait-ce que pour me rappeler la couleur de vos yeux...

— Et si j'avais été un homme ? demanda-t-elle avec un sourire malicieux.

— Je vous aurais présenté comme un vieil ami de la faculté. Il importe seulement que nous considérions les choses de la même manière. Il me fallait quelqu'un à qui je puisse me fier.

— Je comprends votre méfiance quand vous m'avez vue arriver !

— J'étais assez ennuyé, il est vrai. Ce n'était pas possible de présenter une négociante intraitable aux Di Stephano !

— Bien sûr... Vous avez dû penser que mon comportement manquait plutôt d'allure.

Philippe lui sourit affectueusement.

— N'y pensez plus. A vrai dire, je n'ai pas été très galant non plus. Mais c'est du passé. Maintenant, nous travaillons ensemble, comme de vrais amis.

Il prit sa main dans la sienne et la tint serrée un moment. Un peu trop longtemps, peut-être, et avec un peu plus d'émotion qu'il n'était nécessaire pour une anodine poignée de main entre deux associés.

— Allons, s'exclama-t-il joyeusement, nous n'aurons pas perdu notre journée ! Je vous dépose en taxi à votre hôtel et je vous prends ce soir à sept heures pour aller dîner. D'accord ?

— Je ne voudrais pas abuser de votre temps, Philippe.

— Je vous en prie, Joanna. C'est votre dernière soirée à Paris. Il faut absolument que vous ayez un aperçu de notre grande cuisine. Je vous promets de vous raccompagner tôt au Bristol pour que vous puissiez préparer vos valises.

Il avait raison ; il aurait été dommage de ne pas profiter de cette dernière soirée parisienne. En plus, la perspective de dîner seule n'était guère agréable et elle accepta son offre.

— Parfait ! Où irons-nous dîner ? Voyons... Chez Maxim's ?

Il réfléchit un instant.

— Non, laissons ça aux touristes. Je sais : allons au Grand Véfour. Le décor est plus discret et la cuisine y est tout simplement divine ! Ils ont une cassolette de homard...

Son expression ravie attendrit Joanna. Les yeux brillants d'impatience, il était manifestement très heureux à l'idée de passer la soirée avec elle.

Et, sans qu'elle sût vraiment pourquoi, la petite Américaine en fut réjouie.

5

— Joanna, il faut goûter aux desserts !

Elle inspecta l'impressionnant plateau de pâtisseries que le serveur lui présentait.

— Franchement, Philippe, je crois que je ne pourrai plus rien avaler.

— Mais si, ils sont délicieux, vous verrez.

Il choisit trois parts de gâteau que le garçon disposa dans une assiette à filet d'or avant de verser un café odorant dans des tasses de Sèvres.

— Vous n'allez pas réussir à tout manger ! fit Joanna les yeux ronds.

— Vous allez m'aider !

Il enfonça délicatement sa fourchette dans un éclair au chocolat.

— Allons, goûtez-le. Je suis sûr que vous n'avez jamais rien mangé d'aussi fin.

Elle referma les lèvres sur le morceau qu'il lui tendait et dut admettre qu'il avait raison. La pâte était si légère qu'elle fondait sur la langue, et la crème onctueuse était merveilleusement parfumée.

Philippe en savoura à son tour une bouchée et piqua la fourchette dans une tartelette à la framboise recouverte d'une chantilly vaporeuse.

— A vous. Juste un petit morceau. C'est encore meilleur que l'éclair !

Elle trouva les framboises merveilleusement rafraîchissantes et, hochant la tête d'un air gourmand, voulut s'en servir une seconde fois. Philippe l'arrêta.

— Non ! Laissez-moi faire !

Une lueur malicieuse brilla dans ses yeux verts.

Docilement, elle se plia à son caprice. Il n'était pas désagréable d'être un peu choyée, après tout...

Quand le serveur revint pour s'assurer qu'ils n'avaient besoin de rien, ils terminaient juste une mousse d'abricot fondante et fruitée.

— Désirez-vous un autre café, Joanna ?

Elle jeta un coup d'œil à sa montre.

— Non, merci, je ne fermerais pas l'œil de la nuit. Et demain matin, nous devons nous lever tôt !

— Nous pourrons prendre un autre vol, si vous souhaitez dormir un peu, proposa-t-il galamment. D'ailleurs, il est à peine minuit. J'espère que vous ne voulez pas rentrer si tôt ! Un digestif ?

Elle déclina son offre mais proposa une petite promenade à pied.

— Si vous voulez, nous pouvons faire un tour place de l'Opéra, proposa Philippe aussitôt.

Il la dévisagea un instant.

— Vous ai-je dit que je vous trouvais ravissante, ce soir ? Cette robe vous sied à merveille...

Bien sûr, il le lui avait déjà dit. Dès qu'il l'avait aperçue dans le hall de l'hôtel.

Mais, pensa Joanna, le fait qu'il le répète maintenant prouvait qu'il le pensait sincèrement et elle en fut flattée. Il régla la note et l'aida à enfiler son manteau de fourrure. Un instant, elle se demanda comment elle avait pu le juger si mal au début...

Sa conversation, ses manières, tout en lui désignait l'homme du monde. Elle eut une pensée attendrie pour M. Bainbridge. Comme toujours, il avait eu raison...

Le temps sec de la journée avait fait place à une neige épaisse qui tombait en flocons serrés. Elle remonta son col et Philippe lui passa un bras autour de la taille pour la protéger des rafales de vent glacées.

— Vous n'avez pas trop froid ?

— Si seulement il n'y avait pas autant de vent !

Il réfléchit un instant et claqua des doigts.

— J'ai une idée... !

Ils marchèrent deux ou trois cents mètres et arrivèrent place Vendôme. Une demi-douzaine de fiacres attendaient là, offerts tout exprès par la ville de Paris pour le plaisir des touristes.

— Prenez celui que vous préférez, Joanna. Ainsi, bien à l'abri, nous pourrons continuer la soirée.

La jeune femme battit des mains.

— Philippe ! Quelle merveilleuse idée !

Elle choisit un fiacre vert tiré par une belle

jument brune. Remontant sa robe, elle prit place sur l'étroite banquette où Philippe la rejoignit après avoir donné des instructions au cocher. Ils étaient si serrés que la jeune femme se pelotonnait presque contre lui.

— Voilà une bien jolie façon de terminer la journée, murmura-t-elle, réchauffée et heureuse. Il faisait un peu froid pour se promener à pied et je n'avais guère envie de rentrer.

— Moi non plus. Et j'ai toujours eu envie de visiter Paris en fiacre.

Elle le regarda, surprise.

— C'est la première fois que vous en prenez un ?

— Eh oui ! Ce sont surtout les touristes qui les utilisent... ou les amoureux. Les curiosités, en général, n'intéressent pas tellement les Parisiens. Quant à vous, je suis persuadé qu'il y a une éternité que vous n'avez pas admiré la statue de la Liberté ?

— C'est vrai ! Mais la prochaine fois que vous viendrez à New York, je vous y emmène !

— Promis ?

— Absolument... Philippe, ajouta-t-elle doucement, je tiens à vous remercier pour cette soirée. Vous avez transformé un voyage d'affaires qui s'annonçait plutôt mal en un séjour de rêve.

— Moi aussi je vous remercie, Joanna. Je vous remercie de m'avoir permis de faire votre connaissance, et tout simplement, d'être comme vous êtes : une femme remarquable.

Le compliment la fit rougir et elle répondit, les yeux baissés :

— Vous me surestimez, Philippe. Je vous

56

accorde que je ne suis pas aussi revêche et renfermée que vous avez tout d'abord pu le croire. Cependant, j'ai besoin d'un peu de temps pour me livrer et accorder ma confiance à quelqu'un. Mais, à présent, je vous la donne tout entière.

Elle le regarda dans les yeux pour être sûre qu'il comprenait le sens de ses paroles. Ce qu'elle y lut la rassura complètement.

— J'en suis heureux, Joanna. Et je ne ferai jamais rien qui puisse vous décevoir.

Ces confidences chuchotées, ce décor hors du temps, la chaleureuse intimité de leur retraite troublaient Joanna plus qu'elle n'aurait voulu. Elle se mordit les lèvres pour chasser de son esprit l'envie soudaine et folle que Philippe se penche vers elle, la prenne dans ses bras et lui donne un baiser...

Une heureuse diversion vint à point nommé. Avisant une boutique encore ouverte, Philippe dit au cocher de s'arrêter. Il lui glissa un billet dans la main et lui donna quelques instructions. L'homme sauta de son siège et disparut dans le magasin.

— Qu'est-il allé faire ?

— Je lui ai demandé de nous acheter une bouteille de champagne.

— Du champagne ? En quel honneur ?

— En votre honneur, voyons ! D'ailleurs, pour célébrer cette promenade en fiacre dans la plus belle ville du monde et en compagnie d'une jolie femme qui m'assure de son estime, le champagne n'est pas de trop !... Vous ne trouvez pas ?

Il lui serra la main et Joanna baissa les yeux pour cacher son trouble.

— Oui, oui, sans doute... C'est une excellente idée.

« En compagnie d'une jolie femme », avait-il dit. Il y avait si longtemps qu'on ne lui avait pas adressé de compliments !

Aux yeux de tous, elle était Mlle Dillon, collaboratrice appréciée et respectée de la galerie Bainbridge, sans plus. Elle avait fini par perdre toute confiance en elle. Et son mariage malheureux y avait largement contribué. Ce soir, pourtant, un homme était sensible à son charme et l'attention la touchait.

Le cocher, un garçon trapu et qui arborait de gros favoris noirs, revint en brandissant la précieuse bouteille, tout content de lui. Il tendit à Philippe deux flûtes à champagne puis libéra adroitement le bouchon qui sauta gaiement. Le vin doré jaillit, vif comme une flamme, et se fondit en mousse blanche au fond des verres.

— A votre beauté, Joanna, et à votre grâce.

La jeune femme s'empourpra.

— Je préférerais trinquer à autre chose, si vous le voulez bien, proposa-t-elle gênée.

— Quoi d'autre ?

Prise de court, elle resta silencieuse et se sentit un peu sotte sous son regard interrogateur. Pouvait-elle lui confier combien ses paroles lui avaient fait du bien ? De tels aveux étaient difficiles à exprimer...

— Je bois... Je bois à votre indulgence et à votre gentillesse, dit-elle enfin.

Le tintement cristallin des flûtes résonna dans

la pénombre. Il passa doucement un doigt sur le dos de sa main.

— Mais, Joanna, ce n'est pas la gentillesse qui m'entraîne à constater que vous êtes belle et charmante. Je le pense vraiment.

— Je sais bien, Philippe, mais...

— Je vous ai trouvée jolie dès la première fois que je vous ai vue. Mais cela ne signifiait rien. On se lasse vite d'un joli visage s'il n'est que vaine apparence. Vous, au contraire, apprendre à vous connaître, c'est vous trouver tous les jours plus belle. Je crois que lorsque vous vous sentez en sécurité, vous n'en êtes que plus séduisante.

Elle aurait tellement voulu le croire ! Pourtant, elle n'osait pas. Ses mots, sa voix sonnaient juste, mais était-il sincère ? Les hommes, elle le savait, étaient prêts à toutes les flatteries pour servir leurs desseins.

Philippe devina ses pensées. Il eut une moue amère et ses yeux s'assombrirent.

— Pourquoi doutez-vous de moi, Joanna ? Vous ne voulez pas comprendre combien vous êtes séduisante ?

En effet, jamais la jeune femme n'avait considéré qu'elle était vraiment jolie.

— J'ai du mal à croire que vous ayez du désir pour moi, fit-elle à mi-voix. Je n'ai même pas su entretenir l'intérêt de mon mari...

— Vous n'en étiez pas responsable ! Il devait être aveugle !

— Hélas ! c'est plutôt à moi que revient ce défaut. J'ai mis plus d'un an à me rendre compte qu'il ne m'aimait plus du tout alors que j'aurais dû m'en douter dès le début ; seule la peinture comptait pour lui. Souvent, il passait des nuits à travailler dans son studio pendant que je l'attendais à la maison, seule. Mais il s'en moquait. Pas par méchanceté. Par inconscience... Par égoïsme.

— Mais il vous arrivait de rester ensemble, tous les deux. Vous n'allez pas me dire qu'il ne faisait pas attention à vous dans ces moments-là...

Le ton de sa voix, l'expression de son visage incitèrent Joanna à la confidence.

— Oh! Je suppose que, à sa manière, Tony éprouvait de l'affection pour moi. Mais il n'a jamais manifesté d'attirance... comment dire...

— Physique?

— Oui. Il savait parfois se montrer tendre, mais son esprit était ailleurs. Et ne pensez pas qu'il y avait d'autres femmes dans sa vie. Non. La peinture était ma seule rivale. Elle l'accaparait corps et âme.

— Cela paraît incroyable! Comment peut-on ne pas avoir envie de serrer dans ses bras une femme telle que vous...

Il s'arrêta brusquement, un peu embarrassé.

— Enfin, je veux dire...

Joanna sourit malgré elle. Cette protestation véhémente lui faisait infiniment plaisir.

— C'est pourtant la vérité. Inutile de vous dire que, pour quelqu'un qui n'a pas confiance en soi, la situation est d'autant plus catastrophique.

— Bien sûr. Je comprends votre méfiance à mon égard. Mais il faut me croire, Joanna; je pense sincèrement que vous êtes belle. Ne soyez plus sur la défensive.

Il a raison, songeait-elle. Pourquoi ne pas

accepter ses compliments de bonne grâce ? A quoi bon cette réserve continuelle ? Oh ! Bien sûr, il n'était pas question de tomber amoureuse. Une fois déjà, elle s'y était brûlé les ailes et on ne l'y prendrait plus. Mais Philippe n'avait pas parlé d'amour ; il lui avait avoué, en toute simplicité, qu'elle lui plaisait. D'ailleurs, la seule passion véritable qu'il connût devait être son métier et il fuirait sûrement une liaison trop étroite.

Dans ces conditions, pourquoi repousser ses avances ? Les circonstances s'y prêtaient, elle lui trouvait du charme... Alors...? Leur aventure prendrait fin quand l'affaire serait conclue. Et s'il revenait à New York... l'éventualité était lointaine...

Elle lui tendit son verre.

— Pardon, Philippe... Je vous crois et je suis heureuse de vous plaire. Ce sentiment me touche beaucoup.

Leurs regards se croisèrent. Elle avança la main et lui effleura la joue. Il n'en fallait pas davantage et Philippe pressa fiévreusement ses doigts menus contre ses lèvres. Un instant plus tard, il la serrait dans ses bras et cherchait sa bouche avec passion.

Une seconde durant, elle faillit résister. Mais, transportés par le plaisir, ses sens s'enflammè-rent sous la caresse habile des mains qui se mêlaient à ses cheveux, étreignaient son visage, suivaient délicatement la courbe de son cou. Mon Dieu ! C'était si bon... Il y avait tellement longtemps qu'on ne l'avait enlacée ainsi, que des lèvres chaudes et douces n'avaient pas pris les siennes... Elle accepta le baiser et le rendit avec fougue, griffant la nuque bouclée, agrippant fiévreusement les larges épaules de son compagnon.

Une onde de désir la submergea, si violente qu'elle en gémit, et, voulant la serrer davantage, Philippe effleura de la main sa poitrine tendue.

Soudain, il relâcha son étreinte et l'éloigna de lui, bouleversé, le cœur battant, le visage chaviré.

— Joanna, balbutia-il. Je suis vraiment navré. Je ne sais pas ce qui m'a pris. J'ai cru...

Il secoua la tête d'un air profondément malheureux.

— Ma conduite est impardonnable. Dire que vous aviez confiance en moi...

— Philippe...

Il la regarda tristement.

— Je sais ce que vous pensez. Vous ne pouvez pas comprendre.

Elle s'efforça de lui expliquer qu'elle ne lui en voulait pas, qu'il n'avait rien à se reprocher... Il ne l'écoutait pas.

— Je n'étais plus maître de moi. Il y a si longtemps que j'ai envie de vous embrasser, de vous caresser, de vous serrer dans mes bras, de dormir avec vous. Oh ! Joanna, je vous ai désirée depuis ce premier soir à New York... Pardonnez-moi.

Joanna lui sourit tendrement.

— Mais Philippe, vous n'avez pas à vous excuser, répondit-elle doucement. Moi aussi je souhaitais que vous m'embrassiez.

Il scruta son visage pour voir si elle était sincère.

— Joanna, c'est à moi de ne plus vous croire, à présent.

— C'est pourtant la vérité. D'ailleurs, il me semble vous l'avoir montré.

— Peut-être... oui... mais... pourquoi avez-vous crié ?

Elle baissa les yeux, un peu gênée. Si elle voulait le convaincre de sa bonne foi, il fallait qu'elle s'explique.

— Je ne sais pas. Il y a si longtemps qu'un homme ne m'a pas enlacée ainsi. J'ai crié de bonheur, Philippe, et non pour vous repousser.

Elle haussa légèrement les épaules, comme vaincue par la force des émotions qui l'avaient assaillie.

— Joanna, je suis heureux ! J'avais tellement peur de vous avoir choquée et d'avoir abusé de vous.

Elle se blottit tout contre lui et murmura dans un souffle :

— Non, Philippe, il n'en est rien. Serrez-moi, serrez-moi très fort. Grâce à vous je me réveille enfin, je reviens à la vie.

Il hocha la tête, incrédule.

— Souffrez-vous de la solitude à ce point ?

— Oui, Philippe. Terriblement, et depuis bien longtemps.

— Mais...

Elle posa un doigt sur ses lèvres.

— Je vous en prie... Emmenez-moi, je vous suivrai. Moi aussi, Philippe, je veux être avec vous...

6

Quelques minutes plus tard, le fiacre les déposait devant l'hôtel Bristol.

Philippe abandonna au cocher, ravi, la moitié de la bouteille de champagne et laissa un généreux pourboire. L'homme les regarda partir d'un air attendri puis, d'un claquement des doigts, il fit avancer la jument et l'attelage disparut dans la nuit...

Dans le hall illuminé, loin de l'intimité chaleureuse et rassurante de leur abri, Joanna sentit revenir ses craintes et serra nerveusement le bras de son compagnon. Elle avait l'impression que tous les regards s'étaient posés sur eux. Ce n'était pas entièrement faux : beaucoup de noctambules qui se pressaient encore dans le vestibule du Bristol admirèrent la prestance de ce couple élégant et si bien assorti.

Un homme au teint clair et aux cheveux roux, se leva en apercevant Philippe et se dirigea vers lui, la main tendue. Mais le collectionneur le salua d'un bref signe de tête et continua son chemin sans s'arrêter. Un peu surprise, Joanna se retourna pour observer la réaction de l'homme, qui s'inclina courtoisement et tourna les talons.

— Vous le connaissez ? demanda-t-elle à Philippe dans l'ascenseur.

Il émit un grommellement indistinct, mais Joanna insista.

— Lui, en tout cas, vous connaissait.

— C'est regrettable.

— Pourquoi donc ? Il avait l'air plutôt gentil.

— Il ne faut pas se fier aux apparences.

Elle ne put qu'approuver.

— Il est américain ?

— Je vous en prie, Joanna, ne parlons plus de cet homme.

— Mais enfin, pour quelle raison ?

Pour toute réponse, il la prit par la taille et l'embrassa. Bien, il ne veut rien me dire et, après tout, c'est son droit le plus strict, pensa la jeune femme en lui rendant son baiser.

Les instants qui allaient suivre, dans la chambre de Joanna, resteraient à jamais gravés dans sa mémoire.

Philippe l'avait dévêtue savamment, délicatement, tendrement ; il avait défait un à un les minuscules boutons de la robe de soie qui avait glissé comme une caresse sur sa peau satinée avant de se répandre en corolle à ses pieds. Il avait alors reculé pour l'admirer à son aise et son regard brûlant avait fait frissonner Joanna.

Puis, avec une lenteur calculée, il l'avait débarrassée de ses légers sous-vêtements, prise dans ses bras et déposée sur le lit en murmurant :

— Ma chérie, vous êtes encore plus belle que je ne l'avais rêvé.

Nue sous les couvertures, elle attendait maintenant qu'il vienne la rejoindre. Il ôta à son tour ses vêtements et elle contempla le corps bronzé, viril et souple qui se découpait dans la pénombre comme un marbre grec. Il s'allongea auprès d'elle et la prit dans ses bras. Leurs corps nus et fiévreux se rencontraient enfin ! Le désir qui les taraudait souleva en eux des gémissements d'impatience. Pourtant, Philippe restait si doux, si mesuré dans ses caresses que la jeune femme comprit les trésors de tendresse qui se cachaient en lui. Il veillait au bien-être qu'elle éprouvait, maîtrisant ses propres émotions pour les lui faire partager pleinement.

Il embrassa sa bouche, son cou, ses seins offerts, frémissants. Puis, sa main brûlante effleura ses hanches, son ventre et Joanna, cambrée contre lui, émit des petites plaintes longues et douces, les yeux fermés, les lèvres entrouvertes, attentive à chacune des sensations qui l'envahissaient. Ses doigts nerveux coururent alors sur le torse musclé de Philippe, s'emmêlèrent dans les boucles de la toison qui descendait en volutes vers le ventre plat, osant des caresses toujours plus audacieuses.

Dans un grondement étouffé, Philippe prit une brusque inspiration et resta immobile un instant, comme suspendu entre son propre plaisir et son souci d'apaiser celui de Joanna. Mais la

jeune femme ne pouvait plus attendre et elle
l'encouragea d'une voix brisée.

— Venez, Philippe, venez...

Elle creusa les reins et, offerte, l'attira vers
elle, le guidant au seuil mystérieux de sa féminité. Emportés par la même passion, ils dérivè-
rent infiniment sur les flots bouillonnants et
tumultueux de l'amour, jusqu'à sombrer ensemble dans le vertigineux tourbillon de l'extase au
fond duquel, à l'unisson, ils crièrent leur
bonheur.

Puis, comme par miracle, la tempête cessa et
ils revinrent à la réalité, épuisés et comblés.
Comme des naufragés qui s'abattent de tout leur
long sur la plage, ils restèrent sans mot dire,
immobiles, figés comme à jamais dans les bras
l'un de l'autre.

Joanna avait posé la tête sur la poitrine de son
compagnon et elle entendait sa respiration rede-
venir peu à peu régulière tandis que les batte-
ments de son cœur ralentissaient leur rythme.
Les yeux fermés, les cheveux en désordre, il
ressemblait plus que jamais à un modèle de
Michel-Ange. Elle sourit tendrement et déposa
un baiser sur ses paupières closes. Il la regarda
et lui rendit son sourire.

— Vous voulez boire quelque chose ?
demanda-t-elle d'une petite voix.

Il secoua la tête.

— Non, ma chérie. Je n'ai qu'une envie :
rester encore près de vous.

Il referma les bras sur elle et la serra contre
lui. Elle était si bien ainsi ! Avec Tony, elle
n'avait jamais connu une telle sérénité. Il avait

pourtant été son mari, mais un abîme séparait son comportement de celui de Philippe. En lui bouillait, en effet, une passion, un enthousiasme qu'elle avait vainement cherchés chez son époux. Elle en était même arrivée à se demander si Tony était vraiment heureux dans ses bras ou s'il n'y remplissait qu'une sorte d'obligation...

Elle avait dû se raidir involontairement car les mains habiles de Philippe lui massèrent légèrement le dos pour dissiper sa tension. Elle essaya de chasser ces souvenirs malheureux. Il était inconcevable que la présence de Philippe contribue à lui rappeler un passé douloureux. C'était trop absurde !

— Je vais devoir partir maintenant, ma chérie, murmura-t-il en se dégageant doucement.

Une panique glacée la submergea brutalement. Aurait-elle le courage de rester seule ?

— Vous... Vous ne voulez pas passer la nuit ici ?

Elle regretta ses paroles dès qu'elle les eut prononcées. Perdait-elle la raison à se montrer si possessive ?

Philippe ne parut pas choqué, mais plutôt sincèrement désolé.

— Je dois absolument régler certains détails avant notre départ pour Florence. Vous ne m'en voulez pas trop ?

— Non, non, bien sûr, s'empressa-t-elle d'affirmer. A quelle heure nous voyons-nous, demain ?

— Je passerai vous prendre à huit heures.

Il jeta un coup d'œil à sa montre et fronça les sourcils.

— Si vous vous endormez tout de suite, vous aurez à peine trois heures de sommeil.

Elle haussa les épaules.

— Ce n'est pas grave. Je pourrai me reposer dans l'avion. Et vous ? Vous n'allez pas fermer l'œil de la nuit ?

Il fit une grimace.

— Je le crains... Mais je ne le regrette pas, ajouta-t-il en caressant des yeux les courbes gracieuses de la jeune femme. Je suis trop heureux de cette soirée passée avec vous.

— Moi aussi, Philippe, je suis heureuse. Allez, je ne vous retiens pas davantage, du travail vous attend.

Elle étouffa un bâillement et il l'embrassa tendrement sur le front.

— Bonne nuit. Je dis à la réceptionniste de vous réveiller à sept heures ?

Mais elle dormait déjà, un sourire enfantin flottant sur ses jolies lèvres.

Quelques minutes plus tard, il fermait doucement la porte derrière lui. Joanna sursauta, brusquement consciente de son absence. Elle essaya de retrouver le sommeil, mais en vain. Son bref assoupissement avait chassé le trop-plein de fatigue.

Elle se leva et alla chercher sa chemise de nuit dans la salle de bains. Son reflet dans la glace la surprit. Elle s'attendait à y voir une mine défaite ; un visage rayonnant, des yeux brillants s'offraient au contraire à son regard satisfait.

Elle courut à la fenêtre et tira le rideau dans l'espoir d'apercevoir Philippe une dernière fois. Il était là, en effet, parlant avec animation à l'homme aux cheveux roux qu'ils avaient croisé dans le hall. Apparemment, Philippe n'était pas satisfait de cette deuxième rencontre, car il héla un taxi et abandonna son interlocuteur qui resta un instant immobile avant de s'enfoncer dans la nuit.

Songeuse, Joanna laissa retomber le rideau et regagna la chaleur de son lit. Qui donc est cet homme ? se demanda-t-elle en sombrant dans le sommeil. Que veut-il de Philippe ?

7

A l'aéroport San Giusto de Pise, un homme grisonnant et affublé d'une étrange moustache les attendait pour les aider à passer la douane. Philippe semblait bien le connaître, l'appelant familièrement Gino. Il chargea leurs bagages dans une magnifique Bentley blanche, leur ouvrit la porte et se mit au volant.

— Il est envoyé par la comtesse Catherina, expliqua Philippe.

— Qui est cette dame ?

— Vous n'allez pas tarder à faire sa connaissance. Nous arrivons bientôt à Florence.

— Sans même jeter un coup d'œil sur la « tour penchée » ?

— Nous avons tout le temps. D'après les spécialistes, elle va encore tenir quelques années debout, ajouta-t-il en riant.

Gino parla et Philippe lui répondit dans un italien très pur. Les deux hommes éclatèrent de rire.

— Vous échangez des secrets ? demanda

Joanna, un peu vexée de ne pouvoir suivre là conversation.

— Pardon, ma chérie. Gino disait que, en Italie, les monuments mettent des siècles à tomber en ruine. Pour eux, l'Empire romain est encore une réalité !

Elle sourit, sans comprendre toutefois où il voulait en venir.

Soudain, Gino se mit à chanter, d'une belle voix de baryton, un air de Verdi.

— Je suppose que, comme le veut la légende, les Italiens sont tous chanteurs ? demanda ironiquement Joanna.

— Absolument. Ce n'est pas seulement un cliché. Le chant est ici une véritable tradition populaire.

Il lui prit la main, leurs doigts se mêlèrent.

— Gino est aussi un vieil ami de ma famille. Lui et mon père se sont connus pendant la Résistance, en 43.

Elle hocha la tête en silence.

C'était la première fois qu'il évoquait sa famille devant elle et il lui apparaissait soudain sous un jour différent. Le monde d'où il venait était bien différent du sien ; on y passait d'une langue à l'autre et le souvenir des heures sombres restait gravé dans les mémoires de sa population.

— Vous vous rappelez la guerre ?

— Je n'étais qu'un enfant. Mon père avait réussi à nous faire passer en Suisse, ma mère et moi, et seule son absence m'a véritablement frappé.

— Il était resté en France ?

— Oui... Durant toute l'occupation. Mais les nazis ont réussi à infiltrer son réseau de résistance et mon père est tombé dans un guet-apens...

Son regard s'était perdu dans le lointain.

— Comment cela s'est-il passé ?

— Vous avez vraiment envie que je vous le raconte ?

— Oui, Philippe. Si cela ne vous ennuie pas.

Elle lui serra la main.

Le visage de Philippe s'assombrit et il se mit à parler. Gino, à présent, observait le silence.

— Mon père avait aidé un pilote anglais, dont l'avion avait été abattu, à gagner Le Havre. De là, un pêcheur devait faire passer le pilote en Angleterre. Quelqu'un les a trahis. Ils ont été pris sur les lieux mêmes du rendez-vous.

Joanna sentait que Philippe luttait contre l'émotion. Il continua pourtant son récit d'une voix posée :

— Je ne sais pas ce qu'est devenu le pêcheur. Le pilote a été envoyé dans un camp de prisonniers en Allemagne. Quant à mon père...

Il hésita un peu.

— Quant à mon père, il s'est retrouvé entre les mains de la Gestapo, qui espérait obtenir de lui des renseignements sur le réseau qu'il commandait. Heureusement, il avait sur lui une capsule de cyanure. Il n'a rien avoué.

La main que Joanna serrait dans la sienne était devenue glacée. Elle la frotta doucement et la porta à ses lèvres.

— Voilà... Ce n'est pas une histoire que je raconte souvent.

— Merci Philippe de me l'avoir racontée à moi, murmura Joanna, émue. Je vous connais mieux à présent ; c'est important.

Un instant, elle imagina le petit garçon apeuré, attendant un père qui ne devait jamais revenir. Il témoignait une belle confiance à lui ouvrir ainsi son cœur et ses souvenirs...

— Ma famille, reprit-il d'un ton plus léger, s'est toujours occupée de peinture depuis la construction du château de Versailles, au dix-septième siècle. Du côté de ma mère, nous avons quelques artistes célèbres, comme le paysagiste Claude Gellée, dit le Lorrain. Du côté de mon père, il y a Gustave Doré, l'illustrateur, mais la famille s'est essentiellement consacrée au négoce et à la création de galeries. Et ce, pendant des siècles ! Nous avons survécu au déclin de l'aristocratie, aux débâcles napoléoniennes, à la Première Guerre mondiale... Il aura fallu que l'Allemagne envahisse la France une seconde fois pour nous contraindre à tout abandonner. Mais, après la guerre, ma mère a su reprendre le flambeau et honorer notre tradition. Quant à moi, j'ai eu la chance de pouvoir transformer sa petite galerie de Genève en une grande collection internationale.

— Votre maman est-elle toujours de ce monde ?

— Bien sûr. Elle a des cheveux blancs, mais elle est vaillante comme une lionne ! Vous ferez peut-être sa connaissance.

Joanna constata avec plaisir que la pâleur de son compagnon avait disparu et se mit à penser rêveusement. Quel passé il avait derrière lui !

Que d'événements, que de tradition, que de souvenirs ! Rien d'étonnant à ce qu'il eût tant de caractère et de personnalité ! Cet homme avait des racines dont il était fier, mais qu'il n'évoquait que rarement et avec beaucoup de pudeur.

Ils arrivèrent à Pistoia. Le soleil se montra soudain, illuminant les collines dont les courbes douces s'étendaient jusqu'à Florence.

Joanna regarda Philippe, lui sourit tendrement et dit simplement :

— Merci.

— De quoi ?

— Merci de vous être confié à moi et de m'avoir laissée pénétrer dans votre univers.

Il hocha la tête pensivement.

— Il est parfois bon de se replonger dans ses souvenirs, même si certains sont douloureux. On y retrouve ses origines et son enfance. Et quoi de mieux, au fond, que de partager cette expérience avec quelqu'un qui vous est cher ? Grâce à la confiance que vous m'accordez, j'ai pu redécouvrir une part de moi-même.

Il lui caressa la joue du revers de la main.

— *Scusi, signorina* !...

Et Gino, plein de fougue, fit une longue déclaration à Joanna.

— Que dit-il ? demanda-t-elle à Philippe.

— Il serait peut-être utile que vous appreniez un peu la langue ! fit-il en riant. En gros, cela signifiait : « Bienvenue dans la cité aux toits rouges, belle dame ! »

Lors de ses études sur la Renaissance italienne, Joanna, bien sûr, avait étudié Florence et avait une connaissance livresque de ses musées, ses églises, ses palais et de sa célèbre cathédrale ; elle avait lu Dante, avait suivi la course de l'orfèvre Benvenuto Cellini, essayant d'échapper aux gardes du palais Bargello après une bagarre. Mais rien n'avait pu la préparer vraiment au choc que l'on éprouve en découvrant pour la première fois la somptueuse cité. Le Palazzo Vecchio, la cathédrale Santa Maria del Fiore, le musée San Marco s'offraient à elle, plus beaux, plus fins, plus élégants, plus lumineux que ce qu'elle avait imaginé.

— C'est magnifique, murmura-t-elle, la gorge nouée par l'émotion.

Gino pilotait adroitement la limousine blanche dans les rues étroites et noires de monde. Ils prirent la Via de Tornabuoni et débouchèrent sur les rives de l'Arno, qui paressait au beau milieu de la cité comme un immense lézard vert.

— Pendant l'été, la ville est envahie par les touristes, commenta Philippe. Mais hors saison, les Florentins reprennent possession de leur ville. Ils restent farouchement attachés à leur indépendance et à leur tradition.

Et quelle tradition ! La petite cité de Florence, Etat souverain, avait donné naissance à la grandeur des Médicis. Des myriades d'artistes étaient venus travailler sous la protection de la cour, dont l'influence avait rayonné à travers toute l'Europe.

— Les Di Stephano sont issus d'une vieille famille florentine qui était liée aux gibelins, partisans de l'empereur. Quand les guelfes, leurs

76

rivaux, partisans du pape, étendirent leur domination sur la cité, ils se retirèrent sur une colline avoisinante, loin des banquiers et des marchands, et accumulèrent dans leur demeure de véritables trésors de peinture et de sculpture.

— Et maintenant, ces trésors sont à vendre, fit Joanna avec tristesse. Professionnellement, je devrais m'en réjouir, et pourtant, je ne peux m'empêcher de trouver cela dommage.

— Vous avez raison, mais nous n'y pouvons rien. Ou plutôt, nous pouvons seulement faire en sorte que la collection ne soit pas dispersée. C'est la raison pour laquelle j'ai décidé de traiter avec votre galerie. Nous aurions pu doubler nos prix en vendant séparément chaque tableau à un collectionneur particulier. Pour moi, ce qui compte, avant tout, c'est de préserver l'intégrité de la tradition des Di Stephano.

Gino s'arrêta devant un hôtel magnifique, protégé par des portes en fer forgé admirablement ouvragées, puis les accompagna dans l'immense hall en marbre rose et confia leurs bagages à un porteur.

Ensuite, après avoir pris congé de Philippe, il salua Joanna d'un élégant baise-main et les quitta.

En se dirigeant vers l'ascenseur au bras de son compagnon, la jeune femme se demandait quelles dispositions Philippe avait prises. Dormiraient-ils dans la même chambre ? Il semblait peu probable qu'il se montrât aussi peu soucieux des convenances. Bien sûr, maintenant, des liens étroits les unissaient. Joanna frissonna. Elle ne rêvait pas. Elle était parvenue, aidée par Philippe, à se débarrasser de l'image qu'elle avait d'elle-même, celle d'une femme abandonnée et un peu pitoyable. La créature repliée sur elle-même et qui se refusait à toute vie sentimentale n'était plus, désormais, qu'un mauvais souvenir. Et elle espérait l'empêcher de jamais reprendre le dessus.

Ils montèrent au dixième étage et suivirent le groom dans le couloir. Sur les murs richement tapissés étaient fixés d'élégants candélabres qui diffusaient une douce lumière tamisée.

Le groom ouvrit une porte et Joanna entra dans une chambre spacieuse. Derrière la grande baie vitrée, Florence s'étendait à perte de vue. Le lit était recouvert de la splendide reproduction d'une tapisserie aux tons clairs et aux motifs champêtres.

— La chambre vous convient, *signorina* ? demanda le garçon.

— C'est parfait.

— La salle de bains se trouve ici, indiqua-t-il en actionnant l'interrupteur. Si monsieur veut me suivre...

— Où... Où allez-vous ? demanda Joanna avec inquiétude.

— Ne vous en faites pas, je ne serai pas très loin, répondit malicieusement Philippe.

Elle l'entendit entrer dans la chambre voisine et s'aperçut qu'une porte avait été aménagée entre les deux pièces. S'ouvrait-elle ?

A peine s'était-elle posé la question que Philippe entrait en poussant devant lui un petit chariot où étaient disposés des fruits frais et une bouteille de champagne refroidissant dans un seau à glace.

Sans mot dire, il emplit deux flûtes et l'entraîna sur la terrasse. Une mer de tuiles rouges ondulait sous le soleil hivernal. Au loin, dans la brume, la coupole du Duomo découpait sur le ciel sa voûte majestueuse. Brunelleschi l'avait construite au quinzième siècle pour rivaliser de magnificence avec Rome. Dans la campagne environnante, on la voyait à des kilomètres.

Philippe leva son verre.

— Je porte un toast à ce qu'il y a de meilleur en nous : la capacité de s'émouvoir et d'être heureux.

Ils burent.

Oui, pensait Joanna, moi aussi je veux accepter l'émotion comme elle vient et prendre le risque d'être heureuse ou malheureuse. Quelles qu'en soient les conséquences, j'irai jusqu'au bout en compagnie de cet homme peu commun et j'accepterai de l'aimer.

Elle ferait taire ses frayeurs et, tel le David de la Bible qu'avaient peint ici même Michel-Ange, Donatello et Verrocchio, elle se battrait, petite mais vaillante, contre le Goliath de ses craintes et de ses souvenirs. Et, si elle se montrait assez courageuse, suffisamment déterminée, peut-être lui serait-il donné de vaincre le géant... et de triompher des épreuves de la vie.

8

Le champagne, l'éclat de la lumière sur les tuiles rouges, les collines qui, au loin, se fondaient dans la brume, tout contribuait à créer un tourbillon de sensations confuses qui l'étourdissait un peu. Il y avait dans l'air quelque chose d'étrange et d'impalpable qui se jouait des sens ; malgré la fraîcheur relative de la température, on respirait curieusement l'odeur de la mer et des tropiques...

Joanna retourna dans la chambre et s'étendit voluptueusement sur le lit... Elle était une jeune Florentine sous le règne des Médicis. Elle était Béatrice, la bien-aimée de Dante, et inspirait le poète pendant son sommeil...

Une bouffée d'air frais fit trembler les rideaux. Philippe l'avait rejointe. Il s'assit au bord du lit et lui caressa la joue.

— Fatiguée ?

— Oui, un peu. Le voyage, le champagne, ces paysages nouveaux... La tête me tourne légèrement. Je peux faire une petite sieste ?

Seigneur! pensa Joanna, voilà que je retombe en enfance! J'aurais dû demander à Philippe si cela ne bouleverserait pas son emploi du temps... Mais il était bon de se laisser aller, de se reposer sur quelqu'un de solide qui acceptait de veiller sur vous.

— Bien sûr, répondit Philippe en lui souriant tendrement. Reposez-vous. Je vais appeler la princesse pour lui faire part de notre arrivée et contacter quelques personnes.

Il jeta un coup d'œil à sa montre.

— Il est une heure. Je vous réveille à deux heures et demie, d'accord?

— D'accord.

— Dormez bien, ma chérie.

Il se pencha et déposa un baiser très doux et très chaud sur ses lèvres, un baiser apaisant qui la rendit sereine et confiante en l'avenir.

Pour la première fois depuis des années, elle ne se sentait plus condamnée à prendre des décisions; Philippe contrôlait la situation et elle se laissait guider sans crainte. L'idée, vague d'abord, puis de plus en plus précise, qu'elle était tombée amoureuse de lui ne la surprit pas. Elle n'essaya même pas de s'en défendre. Elle l'acceptait comme un fait accompli, irrévocable et bienfaisant. Bercée par ces douces pensées, elle sombra dans un sommeil profond.

Elle fut réveillée par la sonnerie du téléphone. Sa pendulette marquait deux heures moins dix et elle se demanda pourquoi Philippe l'appelait si tôt. Etouffant un bâillement, elle décrocha le combiné.

— Allô?

— Pourrais-je parler à Joanna Dillon, s'il vous plaît ?

La voix, inconnue, n'était pas déplaisante. Une voix d'homme, pressante et feutrée à la fois.

— C'est elle-même.

— Bonjour, mademoiselle Dillon. Jeremy Stern à l'appareil.

— Nous nous connaissons, monsieur Stern ?

— Non, pas vraiment. Mais je désirerais vous entretenir d'une chose importante.

— Eh bien, je vous écoute.

— Pas au téléphone, si vous voulez bien. Je suis dans le hall de votre hôtel. Pouvez-vous m'y rejoindre un instant ? Je ne vous retiendrai pas longtemps.

— Dites-moi au moins de quoi il s'agit.

— De la collection Di Stephano.

— Ah ! Je vois.

— Je vous attends, mademoiselle Dillon.

Elle s'habilla rapidement et jeta un coup d'œil dans la chambre de Philippe. Il était sous la douche et chantonnait. Joanna ne voulut pas le déranger et lui laissa un petit mot pour lui dire qu'elle le retrouverait à la réception à deux heures et demie.

Dans l'ascenseur, elle fouilla sa mémoire pour découvrir qui était ce Jeremy Stern, mais, décidément, le nom ne lui disait rien. Comment était-il au courant de sa présence à Florence et du but de son voyage ? Et, d'ailleurs, comment l'identifierait-elle ?

La porte de l'ascenseur s'ouvrit et elle le reconnut aussitôt. Appuyé négligemment à un pilier de marbre, vêtu d'un élégant complet gris

anthracite, c'était l'homme de l'hôtel Bristol !
Ses yeux de chat restaient gravés dans sa
mémoire et elle fut troublée par la vivacité de
son regard doré.

— Mademoiselle Dillon, je vous remercie infiniment d'avoir accepté de me rencontrer aussi
rapidement.

Il lui prit la main, la serra peut-être un peu
trop longtemps et la guida vers un petit salon. Ils
s'assirent face à face et Joanna étudia un instant
les traits réguliers, la peau claire et les cheveux
cuivrés. Indéniablement, il avait de l'allure.

— Alors, monsieur Stern, que puis-je faire
pour vous ?

— Eh bien, en fait, nous pourrions peut-être
nous aider mutuellement...

— Il faudrait vous montrer plus clair. Je
n'aime pas les énigmes, fit Joanna sur un ton
défensif. De plus, j'ai rendez-vous ici même dans
quelques minutes et je vous prierai d'être bref.

— Je comprends. Voyez-vous, je suis moi-
même négociant en objets d'art...

— Je m'en doutais un peu.

— Je représente un particulier que deux des
œuvres de la collection Di Stephano intéressent
énormément. Il est prêt à les payer très cher.

— Pourquoi venez-vous me trouver ? C'est la
famille Di Stephano qu'il faut aller voir.

Le sourire un peu mondain s'effaça brusquement, pour réapparaître aussitôt. Joanna s'aperçut que Jeremy Stern, très calme en apparence,
ne cessait de pianoter nerveusement sur ses
genoux de ses longs doigts fins.

— Mademoiselle Dillon, vous êtes la seule

personne à qui la collection ait été proposée, vous le savez bien.

Joanna réfléchit un instant avant de répondre.

— Puisque vous semblez si bien informé, vous devez savoir que la galerie Bainbridge a obtenu l'exclusivité de cette affaire, garantissant en échange que la collection Di Stephano ne serait pas dispersée.

— Je comprends très bien, mademoiselle Dillon. Il ne s'agit d'ailleurs pas de disperser toutes les œuvres. Deux seulement nous intéressent. Ce ne sont pas les pièces majeures du lot et, je le répète, mon client est prêt à les payer très cher. De plus, nous ne négocierions l'affaire que dans quelque temps, afin qu'il soit impossible de prétendre que nous étions de connivence.

— Je dois dire, monsieur, qu'une telle tractation me semble tout à fait immorale.

— Mais non, mademoiselle Dillon. Si je pouvais parler à la princesse Di Stephano, je suis persuadé qu'elle serait d'accord avec moi. Malheureusement, elle est entourée de gens qui cherchent à l'isoler du reste du monde. Quelle que soit leur bonne foi, ses défenseurs n'agissent pas au mieux de ses intérêts financiers.

Il guetta la réaction de Joanna.

— C'est de cela que vous discutiez avec M. Moreau, l'autre soir ?

Sans répondre à la question, il fit observer :

— Vous trouvez moral, peut-être, d'empêcher la princesse d'étudier d'autres offres ?

Joanna allait répliquer sèchement quand elle aperçut Philippe qui avançait vers eux à grands pas, manifestement très irrité.

— Stern! Que faites-vous ici?

— Oh, monsieur Moreau! Je parlais à mademoiselle Dillon.

— Je croyais vous avoir déjà dit que vos propositions ne nous intéressaient pas!

— Je pensais que ces affirmations ne concernaient que vous, Moreau.

Il restait souriant, mais le ton de sa voix était tout aussi inflexible que celui de Philippe. Les deux hommes se faisaient face, tendus et hostiles. Joanna crut un instant qu'ils allaient s'affronter physiquement. Il n'en fut rien. Ignorant Jeremy Stern, Philippe Moreau lui tendit la main pour l'aider à se lever.

— Venez, Joanna, nous avons à faire.

— Pensez à ce que je vous ai proposé, mademoiselle Dillon! A bientôt, j'espère.

L'homme aux yeux dorés enfila son manteau et salua la jeune femme.

— Qui est-il, exactement? demanda-t-elle à Philippe quand il fut parti.

Il serra les lèvres mais ne répondit pas à la question.

— Prenez quelques affaires avec vous. Nous resterons sans doute chez les Di Stephano ce soir.

— Mais qui est-ce? Vous n'avez pas répondu!

Il la poussa vers le hall.

— Je vous le dirai dans la voiture. Dépêchez-vous, maintenant. Nous devons prendre la comtesse sur le chemin.

9

— Vico, vous avez pensé à prendre mon châle ?

La comtesse Jacobelli s'était retournée pour s'adresser à un homme brun d'une trentaine d'années qui était assis près de Joanna à l'arrière de la Bentley.

— Bien sûr, ma chère.

Il saisit le sac posé à ses pieds, en retira un châle de laine rouge et le posa délicatement sur les épaules de la comtesse.

— Merci, Vico.

C'était une femme encore belle, aux cheveux gris argenté retenus par une barrette de diamants en forme de broche. Elle avait beaucoup de charme, malgré les marques que le temps avait laissées sur son visage : autour des yeux, au coin des lèvres, de petits sillons se creusaient, en effet, quand elle souriait ; mais son regard était habité d'une telle flamme, ses gestes et sa démarche avaient encore tant de grâce qu'on l'oubliait.

Vico, en tout cas, en était manifestement très amoureux. Certes, ils formaient un couple surprenant mais, visiblement, ils s'entendaient à merveille.

— Regardez à votre droite, Joanna ! s'exclama la comtesse. Voyez comme notre ville est belle !

Ils grimpaient à flanc de colline en suivant la route de Fiesole. Dans la vallée, l'Arno brillait comme un miroir sombre au milieu de Florence qui ressemblait, de loin, à une immense céramique rouge et brun. A l'Ouest, le soleil dardait ses derniers feux, embrasant de ses rayons le sommet des collines tandis qu'au pied, déjà, la nuit s'installait.

— Je comprends pourquoi tant de chefs-d'œuvre ont vu le jour ici, lança Joanna avec admiration.

— Oui. Ils reflètent la beauté du site, répondit pensivement la comtesse. C'est un paysage envoûtant. Et nous sommes en hiver. En été, quand les collines sont couvertes de vignes et que partout fleurissent les genêts, c'est sublime.

— Dans la ville, tout près de la *piazza*, il y a un amphithéâtre romain qui date du premier siècle avant Jésus-Christ, dit Vico. J'espère que vous pourrez le voir.

Joanna ouvrit de grands yeux.

— Cent ans avant notre ère ! C'est fascinant ! Aux Etats-Unis, il est impossible de concevoir pareille chose. Se promener dans un édifice construit par l'homme il y a plus de vingt siècles...

— Mais Florence, reprit la comtesse, fut sauvé par une femme, bien après que les légions romaines eurent disparu et que l'Empire se fut effondré.

— De qui s'agit-il ? demanda Joanna, perplexe.

— Mais de la comtesse Mathilda, bien sûr ! On en parle dans tous les livres. Une femme remarquable, à laquelle ma famille est rattachée, d'ailleurs.

— C'est sa parente préférée, dit Vico en faisant un clin d'œil.

— Et pourquoi pas ? Elle a transformé une terre abandonnée par les Romains, envahie par les Lombards, ravagée par les Goths, en une cité prospère, puissante et respectée. Ne sous-estimez pas les femmes de Florence, mon cher !

— Catherine de Médicis, Catherine Sforza...

— Sans oublier Lucrèce Borgia, ajouta Philippe avec un petit sourire. Un peu portée sur le poison, peut-être...

— Ah ! Monsieur Moreau ! s'exclama la comtesse, vous êtes français, vous ne pouvez pas comprendre. D'ailleurs, Lucrèce n'était pas florentine. Les Borgia, sachez-le, étaient d'origine espagnole. Quand on sait comment les Espagnols traitent les femmes, il n'est pas étonnant qu'elles apprennent à se défendre !

— Prenez garde, Philippe ! Vous vous attaquez à une féministe de sang royal, je vous préviens ! fit Vico.

— Merci de l'avertissement. Comtesse, dit Philippe en s'inclinant légèrement, je vous présente mes excuses.

— C'est bien, Philippe, je n'en attendais pas

moins de vous, répondit-elle en hochant noblement la tête.

Tout le monde éclata de rire. Joanna serra légèrement la main de Philippe. Elle se sentait à l'aise en leur compagnie. La comtesse, en particulier, était tout à fait charmante. Derrière un indéniable snobisme, elle cachait beaucoup d'humour et de spontanéité.

— Je suis content que vous vous amusiez, murmura Philippe.

— J'ai l'impression de revivre, grâce à vous...

Gino emprunta une route étroite et sinueuse et arrêta la Bentley le long d'un talus planté de sapins. La route s'arrêtait là et se transformait en un chemin qui montait à travers les arbres, jusqu'à la villa Di Stephano.

— Nous continuons à pied, expliqua Philippe.

Ils coupèrent par un escalier de pierre bordé d'une haie impeccablement taillée, qui gardait un jardin paysagé tiré au cordeau. Ils croisèrent une fontaine où l'eau jaillissait de la bouche d'un joli Bacchus. Enfin, ils débouchèrent sur la terrasse, bordée d'arcades, qui entourait la villa.

La vue était belle à couper le souffle. Collines et coteaux se succédaient et se fondaient sous un ciel en feu.

— *Buona sera, contessa! Buona sera*, Philippe!

Joanna se retourna et vit un petit homme chauve et tiré à quatre épingles. Philippe vint lui serrer la main.

— *Buona sera*, Lorenzo. Permettez-moi de vous présenter mon excellente amie, Joanna

Dillon. Joanna, je vous présente Lorenzo Vespucci.

Après les amabilités d'usage, la jeune femme se replongea un instant dans la contemplation du paysage.

Sur la route, au loin, la Bentley filait vers Florence. Gino viendrait les chercher demain dans la journée. En attendant, se dit-elle, pour la première fois de ma vie je vais évoluer au cœur de l'aristocratie du vieux continent...

Philippe vint la prendre par le bras.

— Lorenzo, expliqua-t-il, est un vieil ami des Di Stephano. Il est également leur avocat.

Ils avancèrent sous un immense porche à hautes colonnades, éclairé par des candélabres. Joanna remarqua un écusson frappé aux armoiries de Florence qui représentait un sanglier et une fleur de lis sur un fond bleu. Elle déchiffra l'inscription latine : « In Hoc Signo Vinces. » « Tu vaincras par ce signe », traduisit-elle mentalement.

— Ces armoiries, dit Philippe, sont presque aussi anciennes que la ville elle-même. La fleur de lis, emblème de la France, fut offerte à la famille par Louis XI, au quinzième siècle.

— Tout revêt une signification, ici, remarqua Joanna, songeuse.

Elle avança sur l'immense damier de marbre rose et vert et arriva dans une grande salle où brûlait un feu monumental qui semblait se consumer depuis des siècles.

Soudain, son regard se figea et elle s'immobilisa, l'œil rivé sur un petit tableau.

Dans son cadre doré, un jeune chevalier en

90

cotte de mailles et en armure, tenait son épée à deux mains, les yeux fixés sur l'horizon avec une expression de profonde mélancolie.

— C'est une toile de Castagno, n'est-ce pas ?

— Oui. Le chevalier est un ancêtre de la famille.

— Il a l'air bien jeune, pour un ancêtre, remarqua Joanna en souriant. C'est très beau.

— Allons, venez. C'est une simple babiole à côté des œuvres de la collection.

Il l'entraîna par le bras. Joanna ne savait plus où donner de la tête. Sur les murs immenses étaient accrochées des toiles dont elle connaissait les reproductions mais dont, jamais, elle n'aurait osé rêver approcher les originaux ! Or, pas de doute, c'étaient les originaux qu'elle admirait maintenant. Cette duchesse d'Urbin par Piero Della Francesca, cette madone...

Seigneur ! Elle était bouleversée !

— *Signorina*, voulez-vous un apéritif ?

Lorenzo était près d'elle, souriant, paternel, protecteur. Elle ressentit spontanément une sorte d'affection pour lui.

— Oui, merci. Un Campari-soda, peut-être... ?

— Non, non. Faites-moi confiance. Nous avons une spécialité qui vient du monastère de Montesenario. Vous m'en direz des nouvelles !

— Très bien ! Je vais y goûter.

— Et un pour moi aussi, demanda Philippe.

Ils rejoignirent Vico et la comtesse près de la cheminée. Joanna ouvrit de grands yeux en découvrant un magnifique sapin surchargé de guirlandes.

— J'avais oublié que c'était Noël! s'exclama la jeune femme.

Et c'était la pure vérité. Depuis son arrivée en Europe, tout s'était enchaîné si vite, si intensément...!

— Mais oui, ma chère Joanna, fit la comtesse. Même sans neige, c'est Noël. *Natale,* comme nous disons ici.

Un serveur en veste blanche, apporta un plateau et chacun se servit. Un liquide ambré scintillait joyeusement dans les verres en cristal.

— Joyeux Noël! dit Philippe.

— *Merry Christmas!* répondit galamment Lorenzo à l'intention de la petite Américaine.

Chacun leva son verre. Joanna prit une petite gorgée de la boisson dorée. C'était délicieux. Elle avait goût de soleil, de forêt et de vent. Elle s'épanouissait comme une fleur au printemps et réchauffait le cœur.

— Je n'ai jamais rien bu de tel, dit la jeune femme avec enthousiasme.

Lorenzo avait l'air enchanté.

— Je vous l'avais dit! C'est de la liqueur de pin, distillée de la même manière depuis le treizième siècle. *Auguri!* A votre santé... Puissions-nous vivre au moins cent ans!

— Vous êtes bien généreux, Don Lorenzo, fit la comtesse d'un ton sarcastique.

Joanna sourit, regarda Philippe et fut frappée par l'expression de joie qui se lisait sur son visage. Elle suivit la direction de son regard...

— Ah! princesse, vous voilà! s'exclama-t-il.

Tout le monde se leva. Joanna aperçut une silhouette sortir de l'ombre et, un bref instant, son cœur cessa de battre. En vérité, la princesse Di Stephano n'était pas du tout la femme d'âge mûr et imposante qu'elle avait imaginée. Tout au contraire, la jeune femme, qui s'avançait comme en glissant sur les dalles de marbre, était d'une finesse et d'une grâce exquise. Ses cheveux torsadés et retenus par une résille brodée, comme dans certains tableaux de la Renaissance, luisaient de reflets acajou. Sa peau de porcelaine, ses immenses yeux bleu gris, ses lèvres en bouton de rose évoquaient irrésistiblement la *Béatrice* de Léonard de Vinci. Elle portait autour du cou un rubis serti dans une châsse en or et deux autres rubis assortis pendaient à ses oreilles comme deux gouttes de sang royal. Elle n'avait pas d'autres bijoux.

— *Principessa, buona sera.*

Lorenzo était allé à sa rencontre et la conduisit vers les autres invités.

— Ma chérie ! s'exclama la comtesse en la serrant chaleureusement dans ses bras.

Vico lui planta un petit baiser sur les deux joues. Philippe s'avança enfin.

— Vous êtes rayonnante !

Il lui prit la main et la conduisit auprès de Joanna.

— Je vous présente une excellente amie, Joanna Dillon. Joanna, voici la princesse Pamela Di Stephano.

Joanna faillit faire la révérence, comme elle l'avait appris, petite fille, à l'école de danse.

— Je suis très honorée, princesse.

La princesse prit les deux mains de Joanna dans les siennes.

— Je vous en prie, appelez-moi Pamela. C'est si gentil à vous de venir à notre petite fête. Je peux vous appeler Joanna ?

— Mais oui... Oui, bien sûr, s'empressa de répondre la jeune femme en rougissant un peu. Merci mille fois de m'accueillir parmi vous.

La princesse se tourna vers Philippe.

— Avez-vous fait bon voyage, au moins ?

— Pour vous voir, je traverserais la mer du Nord en plein hiver avec joie, vous le savez bien !

Joanna lui jeta un regard oblique. Il semblait littéralement magnétisé par la princesse. D'un geste ample, cette dernière invita les convives à passer dans la pièce voisine.

— Allons dîner, à présent. Vous devez mourir de faim.

Lorenzo, aux côtés de la princesse, ouvrait le chemin.

L'immense table en chêne était somptueusement dressée. Chacune des assiettes en porcelaine de Chine portait les armoiries des Di Stephano. Lorenzo s'assit en bout de table, face à la princesse Pamela. Joanna était à côté de lui, avec Vico comme vis-à-vis, et Philippe se retrouva entre Pamela et la comtesse.

Le repas débuta par un *minestrone* très léger, suivi, comme hors-d'œuvre, d'asperges tièdes et de *gnocchi*. Lorenzo racontait à Joanna l'année qu'il avait passée à enseigner le droit à l'université de Pennsylvanie.

A peine avait-il terminé son récit qu'on apportait l'entrée chaude : un succulent *cioppino*, plat de poissons à base de homard, de crevettes, de bar et de sole. Le tout arrosé d'un excellent vin

94

blanc de Toscane, sec et fruité, un *Vernaccia di San Gimignano*, qui se laissait boire avec une déconcertante facilité.

Joanna, en bonne Américaine, était déjà stupéfaite par le nombre des plats. Aussi vit-elle arriver avec des yeux incrédules le clou du réveillon, une magnifique oie rôtie et farcie aux châtaignes !

Philippe leva son verre et porta un toast improvisé.

— A notre charmante et merveilleuse hôtesse !

— Bravo ! fit Lorenzo.

— A vous, répondit gracieusement la princesse. A mes vieux amis, qui ont veillé fidèlement sur moi depuis bien des années. Et, ajouta-t-elle en se tournant vers Joanna, à ma nouvelle amie.

— Merci, murmura-t-elle simplement. Je suis très touchée.

La comtesse se lança dans le récit des aventures d'une troupe théâtrale qu'elle patronnait. Joanna, tout en faisant mine d'écouter attentivement, jetait des coups d'œil furtifs sur Philippe et la princesse. Ils échangeaient des regards silencieux mais lourds de signification. Il n'y avait, d'ailleurs, rien de frivole dans cette communication muette. Au contraire, ils semblaient liés par une sorte de compréhension tacite qui avait dû mûrir, au fil des ans. Sans même éprouver le besoin de parler, ils partageaient dans le secret de leur cœur des sentiments communs, des émotions semblables.

Joanna ne pouvait s'empêcher d'admirer et d'aimer la princesse. Mais elle se surprit à souhaiter et imaginer qu'elle était loin d'ici, et passait le réveillon seul à seul avec Philippe.

Lorenzo interrompit sa rêverie.

— Combien de temps restez-vous à Florence ?

— Pas plus de quelques jours, hélas !

— Eh bien, j'espère que vous me permettrez de vous montrer quelques-uns des endroits qui me sont chers ?

Il eut un bon sourire et Joanna crut qu'il comprenait sa détresse, qu'il voulait la distraire des doutes qui commençaient à l'assaillir et à gâter sa joie.

— Non que Philippe ne soit un excellent guide, remarquez. Mais il existe des petits coins cachés à Florence que seuls connaissent ses enfants.

— Bien sûr. Ce serait formidable !

Elle avait essayé de montrer un peu d'enthousiasme, sans succès. Et elle était certaine que Lorenzo n'était pas dupe.

On apporta les desserts. Joanna choisit un *zabaione* servi dans une coupe d'argent, après avoir hésité devant un appétissant gâteau aux raisins de Corinthe et une tarte rouge comme les rubis de la princesse.

Philippe, qui discutait maintenant avec animation, toucha la main de Pamela pour souligner, sans doute, un argument et Joanna détourna brusquement les yeux.

Après le café, la princesse proposa de prendre les liqueurs au salon. Tout le monde se leva et Philippe s'empressa auprès de Pamela, laissant Lorenzo accompagner Joanna jusqu'à la grande cheminée.

La jeune femme sentait la panique la gagner. Après avoir fait totalement confiance à Philippe, elle se retrouvait maintenant complètement délaissée et, malgré ses efforts, elle ne parvenait pas à dominer l'anxiété qui l'envahissait.

Tout le monde se rassembla autour du feu. Les flammes éclaboussaient de lumière les rubis de Pamela. Joanna se pencha et essaya de vaincre son trouble en établissant le contact.

— Quelles pierres magnifiques ! dit-elle à la princesse. Je crois bien n'en avoir jamais vu de semblables.

— C'est vrai, elles sont très belles. J'y suis attachée pour une autre raison : c'est Philippe qui me les a offertes.

Elle sourit à son voisin et il y avait tant d'intimité dans leur regard que le cœur de Joanna chavira.

— Mais, continuait leur hôtesse, je manquerais à tous mes devoirs si je ne vous faisais pas visiter la villa, Joanna. Cela vous tente ?

— Bien sûr, princesse ; mais...

— Pamela !

— Oui, Pamela, j'aimerais infiniment la voir, mais je ne voudrais pas abuser de votre hospitalité. Vous vous êtes déjà montrée tellement obligeante...

— Pensez-vous ! Allons, suivez-moi. Il faut savoir profiter de l'instant présent. Qui sait ? Demain, tout ceci peut être englouti à jamais par on ne sait quel cataclysme... Venez, je vais vous montrer les pièces où mes ancêtres ont vécu pendant plus de sept cents ans.

— Bah ! fit la comtesse, la villa Di Stephano

est construite pour résister à n'importe quel cataclysme...

Le petit groupe traversa le hall principal et se retrouva dans une immense galerie plongée dans la pénombre.

Philippe restait auprès de la princesse et veillait sur elle comme sur une enfant, au grand désespoir de Joanna, qui aurait tant souhaité qu'il ait pour elle un peu plus d'attention !

Mais, quand la pièce s'éclaira et qu'elle découvrit les toiles accrochées aux murs, elle en oublia soudain tout le reste. C'était fabuleux. Tous les grands maîtres étaient là : Fra Angelico, Botticelli, Léonard de Vinci, Raphaël, Verrocchio et tant d'autres ! Elle n'en croyait pas ses yeux. Une, deux, trois fois, elle fit le tour de la galerie, comme plongée dans une sorte de transe, tandis que les autres continuaient de bavarder comme si de rien n'était.

Non seulement les toiles étaient parfaitement conservées, mais la plupart d'entre elles n'étaient même pas répertoriées. L'acquisition d'une telle collection enrichirait considérablement les connaissances des spécialistes en histoire de l'art.

La tête lui tournait et elle dut s'asseoir, prise d'un vertige soudain.

— Joanna, ça ne va pas ? demanda Philippe, inquiet. Vous êtes toute pâle.

— Ce n'est rien. Je... C'est si beau !

Pamela lui posa gentiment la main sur l'épaule.

— Je comprends ce que vous éprouvez. Moi-même, qui ai été élevée parmi ces chefs-d'œuvre, je suis aussi émue que vous quand je viens ici...

Il y avait dans sa voix une tristesse infinie, et ses yeux s'embuèrent. Joanna vit une larme perler au coin de ses paupières, mais Pamela l'essuya vivement d'un revers de la main.

— Pardonnez-moi. Je vous retrouve au salon.

Ils s'écartèrent en silence pour lui laisser le passage. Elle partit de sa démarche aérienne et se fondit dans la pénombre, comme le fantôme d'une rose blanche.

Navré, le petit groupe regagna lentement le hall principal.

— Vous comprenez à présent pourquoi tout ceci demande beaucoup de tact ? chuchota Philippe à l'oreille de Joanna.

La jeune femme hocha la tête sans mot dire.

— Et pourquoi, insista Philippe, il est de la plus haute importance que la collection soit préservée dans son intégrité.

— Je suis entièrement d'accord.

— Puis-je considérer vos paroles non seulement comme une promesse mais comme une des clauses de notre contrat ?

Elle acquiesça en silence.

— En ce cas, plus rien ne s'oppose à cette vente.

— Non... Mais il est triste de voir toutes ces œuvres quitter la villa. Elles sont dans leur élément, ici.

— Nous n'y pouvons rien, hélas ! De deux maux, nous avons choisi le moindre : vendre l'ensemble. Mais c'est indispensable.

Lorsqu'ils retrouvèrent la princesse, elle

s'était ressaisie et attendait ses hôtes près de la cheminée.

— Je vous demande pardon de vous quitter si tôt, mais la journée a été longue. Si vous le permettez, je vais me retirer, leur dit-elle avec un sourire d'excuse.

— Eh bien, nous aussi, déclara la comtesse. Il est temps d'aller se glisser sous nos merveilleux édredons en plume.

— Non, non, restez! protesta Pamela. Je m'en voudrais de gâcher la soirée. Vous avez encore tant de choses à vous dire!

— Nous aurons tout le temps demain, dit Philippe.

— Comme vous voulez. La comtesse et Vico prendront la chambre verte, comme d'habitude. Joanna, vous n'aurez qu'à suivre Antonio, il vous montrera la vôtre. J'espère que vous y serez bien.

Un homme en veste blanche s'approcha de la jeune femme et s'inclina légèrement.

— *Per favore, signorina.*

Joanna, affolée, chercha Philippe des yeux. Que faisait-il, lui? Venait-il avec elle? Mais il ne comprit pas sa question muette.

— Allons, venez ma chère.

La comtesse lui avait saisi l'épaule et l'entraînait avec elle.

— Venez, répéta-t-elle. Antonio va nous guider.

— Bonne nuit, Joanna, dit Lorenzo. Dormez bien.

— A demain, dit Philippe en inclinant légèrement la tête.

Comme dans un rêve, elle se trouvait emportée

100

par un courant contre lequel elle ne pouvait lutter. Ni branche, ni main secourable pour la retenir alors qu'au loin, là-bas, bouillonnaient les rapides.

Vaincue, elle suivit Antonio, accompagnée de Vico et de la comtesse, qui lui souhaitèrent une bonne nuit avant de pénétrer dans leur chambre, au premier étage. Au bout du couloir, Antonio poussa une autre porte et invita Joanna à entrer dans la pièce. Elle était immense. Un feu de bois crépitait dans l'âtre et y dispensait une douce chaleur.

Antonio lui montra la salle de bains en marbre et se retira avec un sourire affable.

Abandonnée à la solitude, Joanna se sentit perdue et sans défense. Dire que le matin même elle avait quitté l'hôtel au bras de Philippe ! Elle avait eu l'impression que le monde était à elle et à présent le doute la rongeait de plus belle.

Elle prépara son lit, enfila sa chemise de nuit et se glissa entre les draps, sous l'édredon si chaud qui plaisait tant à la comtesse.

Que faisait Philippe ? songea-t-elle. Etait-il encore avec la princesse ?... Elle était si belle, si cultivée, si pathétique. Il n'y avait rien d'étonnant à ce que Philippe fût littéralement fasciné par elle. L'aimait-il ? Elle le comprendrait et essaierait de l'accepter. Pourtant, Philippe, ce Philippe doux et tendre qu'elle avait appris à connaître, n'aurait pas eu la cruauté de ne pas la prévenir avant.

Elle éteignit la lampe de chevet et, allongée dans le noir, tenta de trouver une explication à tous les petits faits qu'elle avait remarqués ce soir et qui la plongeaient dans l'angoisse...

Cette faculté qu'ils avaient de se comprendre à demi-mot ; les rubis qu'il lui avait offerts ; leurs regards, leurs sourires, leur évidente complicité...

Elle ferma les yeux et s'efforça de chasser de son esprit ces désagréables pensées en écoutant les bruits de la campagne alentour.

Contre toute logique, elle espérait encore que Philippe passerait la voir. Mais elle dut se rendre à l'évidence : il ne viendrait pas ce soir, et elle chercha le sommeil, bercée par le sifflement de la brise dans les sapins.

10

Le soleil se répandait sur les dalles de marbre et venait caresser l'oreiller de Joanna. Elle n'avait aucune idée de l'heure ni même de l'endroit où elle se trouvait. Seul le rêve étrange qu'elle avait fait restait gravé dans sa mémoire : elle errait en guenilles dans un immense palais où dames et seigneurs, richement costumés, dansaient, masqués, sous des chandeliers de cristal. Elle soulevait les masques, à la recherche d'un homme qu'elle ne connaissait pas...

Enfin, les événements de la veille lui revinrent à l'esprit et elle se leva en frissonnant. Elle enfila une jupe de tweed noir et blanc et un pull en angora. Dehors, les champs de vigne resplendissaient sous le soleil.

En bas, elle ne trouva personne, mais la table de la salle à manger était dressée pour une personne. Antonio apparut.

— Asseyez-vous, *signorina*. Vous avez bien dormi ?

— Parfaitement, Antonio. Où sont les autres ?

— Eh bien, les matinaux ont déjà déjeuné. Don Vico et la comtesse ne sont pas encore descendus.

— Vous servez tout le monde à tour de rôle ?

— Oh ! Ce n'est pas un problème, *signorina*. Don Lorenzo et M. Moreau sont allés faire un tour ; la princesse est dans le jardin... Que désirez-vous pour votre petit déjeuner ?

— Je le prendrai plus tard, Antonio. Comment fait-on pour aller dans le jardin ?

— Prenez au moins du café ou un jus de fruits !

Il avait l'air franchement désolé. Joanna lui sourit et le remercia gentiment.

— Comme vous voudrez. Au fond de la galerie, vous verrez une porte à deux battants qui ouvre sur le jardin.

En traversant la galerie, Joanna sentit l'émotion qui l'avait saisie la veille l'envahir de nouveau.

Dans la douce lumière du matin, les couleurs chantaient et l'équilibre des compositions évoquait une harmonie parfaite. Eblouie, la jeune femme poussa la porte et se retrouva sur une terrasse en pierre qui dominait un jardin joliment dessiné, planté de bosquets, d'arbustes et de haies bien taillées. Des allées de gravier y serpentaient, impeccablement ratissées. Joanna aperçut la princesse, assise sur un banc, auprès d'une fontaine. Profondément absorbée par sa lecture, elle n'entendit pas arriver la jeune femme.

— Oh ! Joanna !

— Bonjour, princesse. Je ne vous dérange pas ?

— Mais non, pas du tout. Je vous en prie, venez me tenir compagnie.

Elle fit une place à Joanna et referma le livre. C'était *Eugénie Grandet*, de Balzac.

— Je suis ravie de passer un moment avec vous.

La lumière encore tendre de ce matin tout neuf se refléta dans ses yeux bleus mangés par d'immenses pupilles noires. Il émanait d'elle, de la grâce de ses manières, de sa voix douce et chaude et de son noble port de tête une impression indéfinissable de bonté et de mélancolie distinguée, de tristesse contenue.

Une petite brise fraîche se leva et la princesse frissonna en ramenant sur ses épaules un grand châle rouge et or.

— Vous avez froid, Pamela ?

— Non, non, cela ira. Le soleil ne va pas tarder à chauffer... Vous connaissez Balzac ?

— Un peu. J'ai lu *Le Lys dans la vallée*.

— Ce roman, *Eugénie Grandet*, est vraiment fascinant... C'est l'histoire d'un vieil avare, rongé par son vice jusqu'à la mort. Quand le prêtre arrive pour lui administrer l'extrême-onction, il expire en essayant d'attraper son crucifix en or.

Elle poussa un long soupir.

— Je frémis chaque fois que je lis ce passage. Et, pourtant, je ne me sens pas fondamentalement différente du père Grandet. Il y a en chacun de nous un vieil avare qui sommeille.

— Comment pouvez-vous parler ainsi ? protesta Joanna, vous qui êtes la générosité même !

— Merci, mon amie. Et tous ceux qui m'entourent, la comtesse, Philippe, Vico et mon fidèle Lorenzo, eux aussi sont généreux et dévoués. Ils ont dépensé leur temps et leur peine sans compter pour préserver l'univers dans lequel je vivais. Mais après tout, il y a un peu de l'attitude du vieux Grandet à s'accrocher ainsi à ses traditions et à ses privilèges. Vous voyez ce que je veux dire ?

— Je n'en suis pas sûre...

Joanna eut soudain honte de la jalousie qu'elle avait éprouvée hier soir. Si Philippe aimait vraiment Pamela, c'était un sentiment bien compréhensible.

— Voyez-vous, j'ai été élevée dans un cocon une bonne partie de ma vie. Mon père et ma mère se sont tués dans un accident de voiture quand j'étais enfant.

— C'est affreux.

— La comtesse m'a élevée, aidée par une nurse. J'étais soit en leur compagnie, soit dans une pension suisse, avec des enfants du même milieu que moi. Parfois, je passais les vacances dans la famille de Philippe, à Genève. Il a toujours été pour moi plus qu'un ami fidèle : un véritable frère.

Ces mots sonnèrent comme une musique aux oreilles de Joanna. Un ami, un frère... Elle respira mieux, comme si on lui avait ôté un poids énorme de la poitrine.

— C'est vrai qu'il vous adore, Pamela.

— Vous ne pouvez pas savoir comme il a été bon pour moi. Il y a quelques années, j'ai dû me défaire de mes bijoux pour pouvoir subvenir à

106

l'entretien de la villa. Philippe s'est occupé de tout et la vente a eu lieu. Mais, sans rien me dire, il a racheté la parure de rubis que vous avez admirée hier soir et me l'a offerte pour mon anniversaire.

— Cela ne me surprend pas tellement, murmura Joanna, le cœur rempli de joie.

Elle était doublement heureuse. Heureuse que les confidences de la princesse lui ôtassent ses craintes ; heureuse, aussi, de pouvoir être fière de Philippe. Il avait vraiment beaucoup de classe.

— Pourtant, continua la princesse d'une voix hésitante, pourtant, comment dire... je me surprends parfois à souhaiter être un peu moins protégée. C'est une chance rare d'avoir des amis comme les miens. Mais j'ai le sentiment d'être un peu coupée du monde.

— Comme c'est étrange ! J'imagine votre vie d'un tout autre point de vue.

— Comment la voyez-vous ?

Joanna ouvrit son cœur avec franchise et avoua son éblouissement devant l'élégance, le raffinement, l'ouverture d'esprit et de cœur qu'elle avait découverts au sein du monde un peu chimérique où évoluait Pamela. Elle était surtout sensible à la banale simplicité qu'ils avaient tous montrée dans leurs relations avec elle, lui permettant de se sentir tout de suite à l'aise parmi eux.

— Mieux, vous avez eu la délicatesse de me faire croire que je vous faisais une faveur en venant chez vous.

Joanna était contente de pouvoir se confier.

Elle se rendait compte à quel point elle manquait d'une véritable amie qui, comme la princesse, sache l'écouter patiemment et la comprendre.

— Ah ! soupira Pamela, si vous saviez comme, au contraire, c'est moi qui vous envie ! Je me dis : voilà une jeune femme qui a vu le monde, qui s'est frottée aux difficultés de la vie, qui réussit dans son travail, qui est libre et indépendante.

— Oui, peut-être... Finalement, nos espoirs se rejoignent un peu.

— Je le crois. Oh ! Ne serait-ce pas formidable si nous pouvions échanger nos vies pour une journée, comme dans les contes de fées ?

Joanna eut une grimace éloquente.

— Tout dépend de la journée ! Croyez-moi, il y en a que je ne souhaite à personne !

— Mais non, même celles-là. Surtout celles-là ! Je saurais enfin ce que veut dire se battre pour vivre. Et vous, vous connaîtriez cette curieuse impression d'être traitée comme une perle rare que l'on garde dans le secret d'une prison dorée...

Joanna resta pensive un instant. Cette amertume, à peine déguisée dans la voix de la princesse, la troublait. Elle était là, la clef de cette mélancolie qui l'avait frappée quand elle l'avait vue pour la première fois. Pamela, malgré tous ses amis, s'ennuyait. Jamais elle n'avait eu l'occasion de prendre des risques, de se mesurer à la réalité. Elle avait raison : en dépit des échecs et des déceptions qu'elle infligeait, la vie devait être prise à bras le corps et les expé-

riences, même douloureuses, étaient irremplaça-
bles.

— Si nous rentrions, proposa la princesse.
Philippe et Lorenzo ne vont pas tarder à revenir
de leur promenade, et la comtesse doit prendre
son petit déjeuner avec Vico.

Les deux jeunes femmes, bras dessus, bras
dessous, remontèrent vers la villa.

— Je suis contente que nous ayons pu parler
un peu, dit Joanna.

— Et moi, je suis si heureuse de vous avoir
pour amie !

« Pour amie », se répéta mentalement la jeune
femme. C'était vrai : la princesse Pamela était à
présent son amie... Alors que, hier soir, elle
n'était pas loin de la maudire...

— J'aimerais tant vous revoir. Vous pensez
venir à New York, un jour ?

— Ce n'est pas impossible, répondit Pamela
sur le ton de la confidence. Je compte m'évader
bientôt de cette cage dorée...

— Ah bon ?

— Oui, il est temps que je réalise quelque
chose par moi-même, que je prenne mon existence en main.

Elle sembla hésiter un instant avant de continuer.

— Joanna, si un jour j'ai besoin d'un conseil,
puis-je vous écrire ?

— Mon Dieu oui, bien sûr !

— Voyez-vous, avec tous les gens qui veillent
sur ma sécurité et mon bien-être, il sera difficile
d'affirmer mon indépendance.

Elle eut un petit sourire triste.

— En plus, je n'aurai personne à qui demander conseil. Mais vous, Joanna, qui connaissez la vie, vous saurez me dire les choses sans détour, n'est-ce pas ?

Joanna, émue et flattée, pressa les mains de Pamela dans les siennes avec chaleur.

— Je vous le promets, Pamela.

Ce fut un de ces instants privilégiés où deux êtres, soudain, partagent une même émotion. Leur amitié était scellée.

Joanna se sentit transformée ; elle n'était plus une jeune femme repliée sur elle-même, accaparée par une carrière qui l'empêchait de profiter de la vie. Au contraire, grâce à Pamela, elle avait le sentiment d'avoir mûri, d'avoir des choses à dire et de ne plus être un simple rouage interchangeable et sans personnalité.

Bientôt, elle regagnerait Florence aux côtés de Philippe. Saurait-elle lui expliquer ce qu'il y avait de changé en elle, lui montrer combien elle l'aimait ?

Quand les deux amies arrivèrent, Philippe était dans le salon, en train de bavarder avec Vico et la comtesse. Son visage s'illumina de plaisir en les apercevant.

— Ah ! s'exclama-t-il joyeusement, voilà nos deux rayons de soleil !

11

Le trajet du retour fut deux fois plus rapide
qu'à l'aller. Gino avait abandonné le style
« chauffeur de maître » pour une conduite beaucoup plus sportive mais moins propice à la
conversation et à la contemplation du paysage.
La Bentley obéissait docilement à ses sollicita-
tions et la grosse cylindrée avalait les virages
sans broncher.

A présent, ils étaient au calme et bavardaient
tranquillement dans la chambre de l'hôtel tout
en dégustant un vieux cognac. Philippe leva son
verre.

— Félicitations, Joanna ! Cette affaire sera
bientôt réglée.

— Merci, Philippe. Merci pour tout.

Son cœur se serra à l'idée que, bientôt, chacun
reprendrait son chemin.

— Attendez, avant de me remercier. Nous
n'avons pas tout à fait terminé. D'abord, il faut
que vous demandiez à M. Bainbridge une lettre

de crédit. Ensuite, nous devrons nous occuper de l'emballage et de l'expédition des toiles.

— Il faudra également les assurer, ajouta-t-elle. Ce sera difficile ?

— Non, le mieux est, d'ailleurs, de conserver la police actuelle pour le transport. Nous gagnerons du temps. Dans un jour ou deux, nous irons voir Don Lorenzo pour signer les papiers. Et l'affaire sera conclue !

« Affaire conclue »... L'expression sonnait mal et semblait pleine de sous-entendus.

Joanna baissa le nez et s'absorba dans la contemplation de la moquette.

— Je suis si heureux que vous ayez sympathisé avec la princesse, poursuivait Philippe qui semblait ne s'apercevoir de rien.

— Oui... C'est une femme remarquable.

Elle avait à peine levé les yeux vers lui.

— Joanna, ma chérie...

Il se leva et vint s'asseoir à côté d'elle. Sa voix se fit sensible.

— Joanna, je voudrais m'excuser de ne pas m'être occupé de vous, hier soir, à la villa Di Stephano. Je comprends ce que vous avez dû ressentir.

— C'est vrai ?

— Oui, c'est vrai. Vous avez cru que je vous abandonnais, n'est-ce pas ?...

Joanna essaya de maîtriser l'émotion qui la submergeait. Elle était si honteuse de son manque de confiance en lui, sa jalousie un peu mesquine... Des larmes plein les yeux, elle enfouit son visage dans l'épaule de Philippe. Tendrement, il lui caressa les cheveux.

— Calmez-vous, ma chérie. C'est fini, maintenant.

Il lui prit le visage entre les mains et la força à le regarder.

— Vous savez bien que je tiens à vous.

Elle aurait voulu se cacher, disparaître. Jamais peut-être, elle n'avait ainsi dévoilé ses sentiments au grand jour.

— Vous le saviez ? répéta Philippe.

— Oui, fit-elle d'une toute petite voix. Mais dans quelques jours ce sera fini...

— Ma chérie...

Il la serra tout contre lui, murmurant des paroles de réconfort jusqu'à ce que ses larmes tarissent. Elle était si bien dans ses bras, protégée de l'angoisse et du doute...

Ses sentiments, comme un balancier, oscillaient d'un extrême à l'autre. Elle avait connu les affres de l'incertitude, elle goûtait à présent les désirs sans mélange de l'amour partagé. Folle de joie, elle songea avec exaltation à ces récits où les amants se vouent corps et âme, pour l'éternité, à l'objet de leur passion.

Oui, mais c'étaient des fables... Et elle s'était promis de mettre un terme à leur aventure dès son départ pour les Etats-Unis.

— Joanna, nous avons une semaine devant nous, sept jours et sept nuits... Notre travail est pratiquement terminé et Florence nous tend les bras. Que demander de plus ?

Elle se blottit tout contre lui et acquiesça de la tête, incapable de dire un mot.

— Ces instants sont précieux, ma chérie. Il faut en profiter du mieux que nous pouvons. Ils

113

s'offrent à nous d'eux-mêmes et nous devons les accepter comme ils viennent, sans songer au lendemain.

— Vous avez raison, Philippe. Et je ne veux surtout pas les gâcher par de vaines craintes, même si...

— Chut !

Il massa doucement les muscles contractés de Joanna, jusqu'à ce que, peu à peu, sa tension s'évanouisse, disparaisse sous l'habileté de ses doigts.

— Assez parlé... Les mots sont trompeurs. A présent, seuls comptent nos sensations et notre bien-être.

Elle se laissa convaincre. Peu à peu, leurs respirations s'accordèrent et leurs deux cœurs battirent au même rythme. Le calme et la paix l'envahirent.

— Je vais mieux maintenant, fit-elle dans un souffle.

Elle redressa la tête, leurs lèvres se frôlèrent.

— Bien, murmura Philippe. Pour rien au monde je ne voudrais vous faire de peine.

Puis ils ne dirent plus rien. Après s'être effleurés comme deux papillons, leurs bouches s'unirent enfin en un baiser ardent, passionné et sensuel. On eût dit qu'une soif insatiable s'était emparée d'eux et que seule leur étreinte fiévreuse pouvait l'étancher. Si l'avenir était incertain, songeait la jeune femme, qu'au moins je garde gravé en moi le souvenir brûlant de l'attirance irrésistible que nous éprouvons l'un pour l'autre.

Les mains viriles et douces dont elle connaissait les sortilèges remontèrent le long de son dos, caressèrent ses épaules, descendirent lentement vers ses seins palpitants, tendus vers la caresse des doigts qui prenaient possession de chaque parcelle de son corps avec un émerveillement toujours renouvelé.

Sept jours encore ! Sept jours seulement... Cette simple pensée décupla l'ardeur de Joanna. Ils n'avaient pas de temps à perdre. Elle s'agrippa aux épaules de Philippe dont elle sentit les muscles déliés rouler sous ses mains. Plus tard, peut-être, pourraient-ils goûter les joies d'un amour d'où toute hâte serait exclue. Mais, aujourd'hui, il fallait jouir de l'instant présent.

Philippe dut sentir l'urgence presque désespérée de son élan et ses caresses se firent plus exigeantes, plus précises, brûlant la peau de Joanna à travers l'étoffe de ses vêtements. Devant l'évidence de son désir, la jeune femme se dévêtit et se retrouva nue presque en même temps que lui.

Emerveillé, il parcourut des yeux ce corps souple et offert, détailla les seins ronds et offerts, la courbe des épaules, le ventre satiné à la toison soyeuse, l'élégance fuselée de ses longues jambes fines.

— Mon Dieu, murmura-t-il d'une voix un peu rauque, se peut-il qu'en l'espace d'une nuit, j'ai oublié combien vous êtes désirable...

Le feu qui brillait dans ses yeux montrait assez son impatience d'être allongé près d'elle et ils se jetèrent sur le lit d'un même élan, pressés l'un contre l'autre. Amoureusement, Philippe se mit à explorer le corps lisse de Joanna, qui se coulait entre ses doigts comme du sable fin. Il la prit par les hanches et l'attira à lui ; puis, avec une infinie délicatesse il la conduisit aux portes du plaisir, et elle se laissa transporter, émerveillée par tant de douceur.

Eperdue d'exaltation, Joanna sentit la délivrance arriver, éblouissante, intense, insupportable. Alors, brisée et comblée, elle émergea peu à peu de l'état de demi-inconscience où il l'avait plongée ; un sourire lointain erra sur ses lèvres.

Mais Philippe voulait que leurs caresses ne s'arrêtent jamais et, sans hâte cette fois, il reprit sa tendre exploration amoureuse. Joanna s'offrit de nouveau aux plaisirs qui l'attendaient. Elle se livrait sans honte et sans crainte, sans chercher un instant à dissimuler sa joie, soucieuse simplement de la partager avec lui. Ses doigts coururent sur la poitrine bronzée de son compagnon, vinrent griffer ses épaules et se refermèrent sur sa nuque bouclée. Il était son prisonnier. Elle se coula tout contre lui ; cambrée, offerte, elle attira Philippe et leurs corps se joignirent.

Il l'embrassa fiévreusement et, pendant un long moment, ils retardèrent le moment où tous deux basculeraient dans le néant...

Il arriva pourtant, cet instant ultime, les saisissant comme un éblouissement insensé où le temps serait resté suspendu et où le monde entier aurait cessé d'exister...

Ils revinrent à la vie, haletants et épuisés. A les voir tendrement enlacés, on aurait pu croire qu'ils dormaient. Joanna se dégagea doucement et lui déposa un baiser léger sur la tempe. Mais, contre toute attente, une solitude glacée tomba sur elle comme une chape de plomb.

Son corps était heureux et pourtant, son cœur souffrait de ne pouvoir confier à Philippe la profondeur des sentiments qu'elle éprouvait pour lui. Il avait été clair : plus de mots. Sans doute n'avait-il pas envie de subir une déclaration enflammée...

Que m'arrive-t-il ? se demanda-t-elle. Ne savait-elle donc pas profiter du moment, sans se torturer vainement pour un hypothétique avenir ? Elle était puérile... mais n'y pouvait rien. Philippe était un gentleman parfait, un ami attentionné et un amoureux consommé. Que voulait-elle de plus ? L'avoir tout à elle. A la simple pensée que leur aventure, un jour, prendrait fin, elle sentait la panique la gagner et ne pouvait imaginer la vie sans lui. Car, sans même parler de Tony, aucun des hommes qu'elle avait connus avant lui n'avait à ce point exalté sa féminité.

Elle aurait voulu lui faire don de toute la passion qui l'habitait, mais Philippe ne semblait pas disposé à accepter son offrande.

Il se retourna et, appuyé sur un coude, le menton au creux de la main, lui sourit avec une tendresse qui aurait dû chasser tous les doutes de la jeune femme.

— Ma chérie... c'était si bon.

Il l'attira dans ses bras et la serra tout contre lui.

— Et vous ? Etes-vous heureuse ?

Il l'éloigna un peu de lui et scruta son visage, l'air sincèrement préoccupé. Joanna eut un petit rire voilé par la volupté, mais ses grands yeux noirs empreints de tristesse démentaient l'enjouement de sa voix.

— Oui, Philippe...

Il l'embrassa gaiement sur le front et déclara d'un air mystérieux.

— J'ai encore une petite gâterie pour vous.

— Quoi donc ?

— Un cadeau. Un cadeau de Noël...

Joanna se dit avec tristesse qu'une seule chose l'aurait véritablement remplie de joie : l'amour de Philippe.

Qui donc, pensait-elle, quelle femme avait su trouver le chemin de son cœur ? Avait-il une autre amie, quelque part, qui l'attendait et monopolisait son affection ? Ou bien la distribuait-il si largement et à tant de gens — la comtesse, la princesse, et d'autres peut-être — qu'il était tout simplement incapable de tomber vraiment amoureux ? Certes, elle ne doutait pas de lui plaire. Il devait la trouver charmante et devait même se dire qu'il l'aimait bien. Mais Joanna attendait plus de lui et ressassait avec dépit son insatisfaction.

— Qu'est-ce qui ne va pas ?

Elle sursauta ; il semblait lire en elle comme dans un livre ouvert. Avait-il deviné les pensées qui l'agitaient ?

— Je... Je n'ai pas de cadeau pour vous, dit-elle en guise d'explication. Je crains d'avoir oublié que c'était Noël. Ces derniers jours ont été tellement mouvementés !

Il l'embrassa sur le bout du nez.

— Ce n'est pas grave. Maintenant, allez chercher votre cadeau au pied du sapin.

Elle le regarda sans comprendre.

— Quel sapin ?

— Allez donc voir dans la chambre à côté.

Joanna obéit et disparut dans l'autre pièce. Un superbe sapin de Noël avait été installé au beau milieu de la pièce et scintillait de mille feux.

— Philippe, s'écria Joanna en battant des mains, il est magnifique ! Quelle bonne idée !

— Tout spécialement à votre intention, ma chérie. Mais n'oubliez pas le petit cadeau au pied de l'arbre...

Un paquet plat, de la taille d'un disque, l'attendait. Remplie de curiosité, elle l'emporta dans la chambre de Philippe, qui l'observa, un petit sourire satisfait aux lèvres. Joanna se glissa près de lui et remonta pudiquement les draps sur ses seins ronds.

— Qu'est-ce que c'est ? demanda-t-elle tout excitée.

— Voyez par vous-même.

Elle défit le ruban, commença à ôter le papier avec un rire de petite fille et découvrit deux feuilles de carton, posées l'une contre l'autre. Intriguée, elle les écarta et crut soudain qu'elle allait s'évanouir.

— Mon Dieu, murmura-t-elle. Le Raphaël !...

12

Les jours qui suivirent furent tout simplement délicieux. Ils prenaient leur petit déjeuner au lit, paressaient longuement avant de se lever, s'aimaient, se racontaient leurs rêves. L'après-midi, ils se promenaient dans Florence, visitaient les monuments et découvraient, main dans la main, les mille merveilles de cette ville magique. Le Palazzo Vecchio, le Duomo, le baptistère leur livrèrent leurs secrets.

Un jour, Joanna décida Philippe de venir avec elle faire quelques emplettes au marché, où étaient exposés des articles de cuir et de vannerie. Ils dînèrent chez la comtesse et rentrèrent à l'hôtel un peu étourdis par l'excellent vin de l'île d'Elbe qui accompagnait une succulente *Baccala alla Fiorentina*.

La jeune femme suivait les conseils de son ami et s'abandonnait tout entière au bonheur de ces journées parfaites. La sourde angoisse qui s'accrochait au fond de son cœur ne parvint pas à gâcher son plaisir.

Ils n'en oubliaient pas pour autant les affaires qu'ils avaient à traiter. Philippe l'avait mise en rapport avec les gens qui seraient chargés de l'emballage et du conditionnement des toiles, sous la surveillance attentive de Don Lorenzo. La lettre de crédit était arrivée, accompagnée d'un message de félicitations écrit par M. Bainbridge. Tous les problèmes d'assurance étaient résolus ainsi que l'organisation du fret aérien.

Il ne restait plus que deux formalités à accomplir : la signature officielle du contrat de vente avec Lorenzo et le transfert de fonds à la banque locale.

Il était tout juste neuf heures ce matin-là et, levés tôt, pour une fois, ils prenaient un copieux petit déjeuner à la terrasse vitrée d'un restaurant tout proche du Ponte Vecchio. Philippe devait partir pour Fiesole afin de surveiller le chargement des caisses à bord du camion qui les emmènerait à l'aéroport de Pise. De là, elles s'envoleraient pour New York.

Joanna avait rendez-vous deux heures plus tard avec Don Lorenzo pour signer les papiers.

— On se retrouve pour déjeuner ? proposa Philippe. Je serai probablement rentré à temps.

— Vous croyez que c'est bien raisonnable de tant se voir ?

Elle le taquinait, bien sûr. Mais il faudrait bientôt apprendre à se passer l'un de l'autre. Cependant Philippe, peu sensible à ce genre d'humour, fronça les sourcils et demanda d'un ton grave :

— Pourquoi dites-vous cela Joanna ?

— C'est que j'ai peur que les gens ne se

mettent à jaser et que ma réputation en soit compromise.

Il comprit enfin qu'elle plaisantait et sourit, soulagé.

— Aucune importance. Qu'ils croient ce qu'ils veulent ! Mais...

Son visage redevint sérieux ; embarrassé, il évitait son regard, l'air hésitant et presque timide.

— Joanna, je... J'ai quelque chose à vous demander... Alors, pourquoi pas maintenant ?

Joanna crut que son cœur s'arrêtait de battre. Mon Dieu ! se dit-elle, est-ce possible ? Ce rêve, qu'elle osait à peine formuler, allait-il se réaliser ? Philippe allait-il enfin lui demander de...

— En réalité, cela fait un bon moment que j'y pense, mais...

Il hésitait, cherchait ses mots.

Elle en était sûre, à présent, mais osait à peine respirer pour ne pas briser le charme. Il n'y avait pas mille manières de formuler sa demande. Son rôle était d'attendre qu'il se décide à parler, puis, après un instant de réflexion — qui, bien sûr, lui semblerait une éternité —, de répondre doucement : « Oui, Philippe, j'accepte de devenir votre épouse. » Voilà comme les choses se passaient ! Ce n'était pas difficile...

— Ecoutez, Joanna, je vais être franc.

Il prit une profonde inspiration et poursuivit :

— Ces quelques jours passés ensemble ont été formidables. J'aime votre façon d'être... Nous nous entendons plutôt bien... Alors j'avais pensé, enfin, je serais très heureux que vous acceptiez de venir vous installer en Europe et de travailler avec moi comme associée.

Une montagne de déception s'abattit sur ses frêles épaules et elle plia sous le choc. Abasourdie, incapable d'articuler un mot, elle se sentit submergée par une tristesse glacée.

— Je ne pense pas que ce soit possible, Philippe, parvint-elle à balbutier.

Que dire, mon Dieu, que répondre ?

Elle attendait une demande en mariage, on lui faisait une offre d'emploi...

— Vous apprendriez beaucoup de choses en travaillant avec moi.

— Je n'en doute pas, Philippe, mais...

Elle se tut, le cœur brisé.

— Mais quoi alors ?

Son incompréhension lui faisait mal. Lui qui, d'habitude, savait d'avance ce qu'elle allait dire ou faire, ne se doutait-il pas de ce qu'elle avait espéré ?

— Je pensais que mon offre vous ferait plaisir.

Oui, bien sûr, songea-t-elle. Si elle n'avait pas été amoureuse de lui...

— Je... Je suis très flattée, fit-elle en essayant de retrouver son calme.

Soudain, une pensée la frappa ; Philippe avait-il déployé tout son charme dans le seul but de la séduire pour qu'elle travaille avec lui ? M. Bainbridge l'avait prévenue que c'était un homme habile...

— Eh bien, je suis ravi que vous soyez flattée, mais nous tournons en rond. Je vous répète ma proposition : voulez-vous être mon associée ?

Très bien, se dit Joanna, surmontant tempo-

rairement son dépit. Il veut parler affaires ;
restons sur ce terrain.

— Vous semblez oublier que je travaille déjà
pour M. Bainbridge.

— Vous n'êtes pas sous contrat. Et je suis sûr
qu'il serait le premier à vous en féliciter.

— Oui. C'est effectivement le genre d'homme
à agir ainsi. Mais, si nous ne sommes pas
vraiment liés, il existe entre nous une sorte de
contrat moral et de confiance réciproque.

— Ce n'est pas le cas pour nous, Joanna ?

Il hocha la tête sans comprendre, une expression à la fois chagrine et furieuse peinte sur le
visage.

Que faire ? Si encore il lui avait dit qu'il
l'aimait, qu'il voulait vivre avec elle, sans même
parler de mariage, elle aurait accepté avec joie.
Mais devenir son employée ! La colère l'envahit.
Elle se sentit prête à se défendre, tout comme ce
fameux soir à New York où elle avait tenté de lui
racheter le Raphaël.

— Bien, fit sèchement Philippe en se levant de
table. J'espérais que vous seriez contente, mais il
semble que je me sois trompé.

Sa déception semblait sincère, mais Joanna en
fut peu impressionnée. On ne la reprendrait plus
à se fier aux apparences !

— Pensez tout de même à ma proposition.
Nous en reparlerons au déjeuner. Je vous
retrouve au bureau de Don Lorenzo à une heure.
Ça vous va ?

— D'accord.

Il la salua froidement et s'en fut, tandis que
Joanna gardait les yeux rivés sur son assiette.

124

De retour à l'hôtel, elle se passa le visage à l'eau froide pour redonner un peu de couleur à ses joues blêmes. Sa conversation avec Philippe l'avait un peu hébétée. Dire qu'il lui avait prôné de ne pas lier les problèmes de la vie à son travail et à son ambition ! Cruelle ironie !... Elle essaya de se persuader que son expérience avec lui avait été profitable, mais elle ne parvint qu'à se mettre en colère contre elle-même. Quelle dupe elle avait faite ! L'amour était-il donc toujours déçu ? Non, bien sûr, pensa-t-elle amèrement, pas pour ceux qui, comme Philippe Moreau, savent en tirer profit. Le jeu n'était pas très compliqué ; pour gagner, il suffisait simplement de ne pas avoir trop de scrupules...

Elle était en train de retoucher son maquillage quand le téléphone sonna. Elle sursauta et fixa l'appareil le cœur battant. C'était lui ! Il appelait pour dire qu'il avait compris ce que sa proposition pouvait avoir de blessant, qu'il s'excusait de l'avoir peinée, qu'il...

Elle se précipita vers la table de nuit, décrocha et, le souffle court, lança un « allô » vibrant d'émotion.

— Bonjour ! Je ne m'attendais pas à un accueil aussi enthousiaste, fit une voix ironique à l'autre bout du fil.

— Comment ? demanda Joanna, complètement perdue. Qui... Qui est-ce ?

— Jeremy Stern. Excusez-moi pour cette plaisanterie, mademoiselle Dillon, mais je n'ai pas pu y résister.

— Oui, monsieur Stern, fit-elle plus calmement. Que puis-je faire pour vous ?

— Venir déjeuner avec moi. J'aimerais vous parler.

Jeremy Stern était connu dans la profession pour s'être mêlé à des affaires pas toujours très claires et parfois même malhonnêtes. Il avait en particulier vendu trois fausses toiles de Matisse à des galeries assez prestigieuses et l'affaire avait connu un certain retentissement.

— Ce que vous avez à me dire ne m'intéresse pas, monsieur Stern.

— Détrompez-vous, chère mademoiselle, fit-il d'une voix insinuante. Je crois au contraire que vous trouveriez mes révélations tout à fait édifiantes. J'ai connaissance de quelques faits qui, croyez-moi, sont de toute première importance pour vous.

— Je regrette, monsieur Stern.

— Attendez, écoutez-moi un instant...

Il y eut un silence. Joanna se mordit les lèvres, embarrassée. Elle ne pouvait pas commettre l'indélicatesse de lui raccrocher au nez.

— Très bien, je vous écoute. Mais je vous préviens, vous n'avez aucune chance de me faire changer d'avis.

L'homme s'éclaircit la gorge.

— Voilà. Je suis au courant des transactions que vous avez faites et des clauses qui y sont apportées. Je veux simplement vous informer de certaines choses qui peuvent changer les conditions de votre acquisition.

— Voulez-vous insinuer que l'on ne m'a pas dit la vérité ?

— Non. Je dis seulement que vous n'avez pas tous les faits en main.

— Je ne vois pas...

— Ecoutez, mademoiselle Dillon, reprit Stern d'une voix plus pressante, je veux vous communiquer certains renseignements dont vous ne disposez pas pour l'instant. Acceptez simplement de me rencontrer dix minutes. Si vous voulez vous lever et partir, je ne vous retiendrai pas. Que craignez-vous donc ?

— Certainement pas vous, monsieur Stern, répliqua sèchement Joanna, vexée que cet homme puisse penser qu'elle avait peur de lui.

— M. Moreau vous a interdit de me parler, c'est cela, n'est-ce pas ?

— Je ne suis plus une enfant, figurez-vous. Je fais comme bon me semble.

— Alors venez prendre un *expresso* avec moi...

— Si vous insistez... Il y a un petit café sur la Piazza della Republica, à côté de la via Roma.

— Je vois où il se trouve.

— J'y serai à midi et demi.

— Entendu. Je vous y attendrai.

Joanna raccrocha. Elle avait calculé au plus juste ; en sortant à midi de chez Lorenzo, elle aurait le temps d'être à l'heure à son rendez-vous avec Jeremy Stern. Il avait réussi à exciter sa curiosité et elle se demandait quelle était la nature des confidences qu'il voulait lui faire. Evidemment, Philippe réprouverait cet entretien, mais à présent, se dit-elle tristement, cela n'avait plus beaucoup d'importance. Et puis, elle n'avait de comptes à rendre à personne !

Le bureau de Don Lorenzo était situé via Roma, dans un bel immeuble en pierre tout proche du baptistère. Le petit homme, impeccable dans un costume trois-pièces, relut avec Joanna les clauses du contrat passé entre la princesse Di Stephano et la galerie Bainbridge. Le document était clair et précis ; il stipulait que l'acquéreur devrait « s'efforcer de préserver l'intégrité de la collection dans son ensemble ». Ce n'était pas, légalement parlant, un engagement contraignant, mais Lorenzo informa Joanna qu'il comptait que Bainbridge respectât certaines modalités d'ordre purement moral.

Ces formalités remplies, ils se rendirent à la banque, Joanna régla les tableaux et l'affaire fut définitivement conclue.

— Et voilà ! dit Lorenzo lorsqu'ils furent sortis de la banque. Puis-je vous offrir un apéritif pour fêter ça ?

— Je vous remercie, mais j'ai un petit problème à régler.

— Rien de grave, j'espère ?

— Non, non, rassurez-vous. Je dois voir quelqu'un. J'espère que nous aurons l'occasion de prendre un verre avant mon départ, Don Lorenzo.

— C'est promis ?

— Promis.

— Voulez-vous que je vous dépose ?

— Ce n'est pas la peine, je vous remercie. Je vais Piazza della Republica. C'est à deux pas.

— Comme vous voudrez. J'attends votre coup de fil avec impatience.

Il inclina légèrement le buste et lui baisa cérémonieusement la main. Joanna sourit de cette galanterie toute latine, lui adressa un bref *Ciao* et partit en direction de la Piazza.

128

Le ciel était gris et bas, l'air froid et humide. Des bourrasques de vent glacées montaient de l'Arno et balayaient la via Roma.

La jeune femme s'engouffra dans le café où régnait une agréable chaleur et commanda un *capuccino* en attendant Jeremy Stern. Elle était un peu en avance et, pour tuer le temps, observa les passants qui, malgré le temps maussade, déambulaient sur la place, emmitouflés dans leurs manteaux. Elle aimait ces beaux et nobles visages toscans où se lisaient la fierté et l'amour de l'Italie. Cet attachement à leur pays natal l'émouvait.

Avec son chapeau à larges bords entouré d'un ruban sombre comme on en voit au cinéma, elle ne reconnut pas tout de suite Jeremy Stern. Il le portait bien, d'ailleurs, avec une sorte de désinvolture légèrement ironique.

— Merci d'être venue, fit-il en accrochant son pardessus au portemanteau.

Il s'assit en face d'elle et appela le garçon.

— *Vorrei un caffe-latte*, commanda-t-il dans un italien impeccable.

— *Benissimo, signore.*

Joanna détailla avec une certaine admiration son visage volontaire éclairé par des yeux dorés qui semblaient refléter la franchise. Elle avait bien du mal à imaginer qu'un garçon d'apparence si sincère pût être le personnage louche que Philippe lui avait décrit. Mais elle savait assez qu'il ne fallait pas juger sur l'apparence. Peut-être en avait-il trompé plus d'un ?

— Si vous n'y voyez pas d'inconvénient,

mademoiselle Dillon, je vais entrer tout de suite dans le vif du sujet.

— Je vous écoute.

— D'après l'accord que vous avez passé avec la princesse, vous vous êtes engagée à préserver l'intégrité de la collection, c'est bien cela ?

— Continuez, fit Joanna sans se compromettre.

— Saviez-vous que deux toiles du lot ont été vendues à un tiers ?

— Que voulez-vous dire ?

— Vous avez parfaitement compris.

Il but une gorgée de café et précisa :

— Il s'agit de deux portraits représentant des ancêtres de la famille ; l'un est de Castagno, l'autre de Verrocchio.

Joanna se rappelait très bien les deux tableaux, qu'elle avait vus dans le grand salon. Jeremy Stern, malgré son assurance, n'était pas aussi bien renseigné qu'il le croyait. Philippe avait bien précisé qu'ils ne faisaient pas partie de la collection.

— Et alors ? demanda-t-elle froidement.

Il eut un sourire assez déplaisant.

— Réfléchissez... L'engagement que vous avez pris n'a aucune valeur légale.

— Dites-moi, monsieur Stern, êtes-vous négociant d'art ou avocat ?

— Je voulais simplement que vous sachiez à quoi vous en tenir. Vous trouvez normal de perdre l'occasion d'une excellente affaire, alors que vos partenaires eux-mêmes n'ont pas respecté les dispositions du contrat ?

— C'est faux, déclara Joanna, avec une

130

nuance d'exaspération dans la voix. Par ailleurs, votre « excellente affaire », comme vous dites, ne m'intéresse pas.

— Mademoiselle Dillon, je peux vous offrir la moitié de ce que vous avez payé pour l'ensemble de la collection, en échange de deux toiles seulement. La moitié.

— Comment connaissez-vous le prix d'achat ?

Après avoir failli s'emporter, elle avait finalement réussi à garder son sang-froid. La petite provocation de Stern tombait à l'eau.

— Je l'ignore. C'est simplement une offre que je vous fait : la moitié du prix de la collection entière pour deux toiles...

Il se tut un instant et reprit avec plus de véhémence :

— Cessez donc de prendre cet air de pudeur offensée ! Nous sommes entre professionnels. Après tout, M. Bainbridge a bien le droit d'examiner ma proposition, vous ne trouvez pas ?

— Monsieur Stern, pour des raisons qui m'échappent et qui ne me regardent pas, vous semblez prêt à tout pour acquérir ces toiles. C'est votre affaire. Ce qui me choque, c'est la façon dont vous calomniez des gens dont l'honneur est irréprochable pour arriver à vos fins.

Le ton était glacial, mais Jeremy Stern ne se démonta pas pour autant.

— Je ne cherche à nuire à personne, fit-il aimablement. Ce sont les faits, je vous en informe... Réfléchissez-y.

— Très bien. Je vous ai écouté, voici ma réponse : les renseignements que vous m'avez donnés n'ont aucune valeur et ne peuvent changer en rien l'accord que j'ai conclu avec la princesse Di Stephano. C'est clair ?

Elle marqua un temps d'arrêt et ajouta perfidement :

— Je dois dire, monsieur Stern, que votre réputation ne semble pas surfaite.

Elle regretta aussitôt ses paroles, mais les insinuations de cet homme contre des gens qu'elle avait appris à aimer l'avaient révoltée.

Il eut un sourire amer et fit d'une voix sarcastique :

— Tiens, tiens... Les ragots vont bon train. Je vous croyais au-dessus de ça, mademoiselle Dillon.

Il croisa les bras et sembla la défier.

— Vous n'avez pas été mêlé à une affaire de faux Matisse ?

— Ce que l'on vous a raconté n'a aucun rapport avec la réalité. N'importe qui à ma place se serait laissé piéger. Je croyais vraiment que les toiles étaient authentiques. D'autres experts les ont examinées et s'y sont laissés prendre. Croyez-moi, vous aussi auriez signé les certificats.

— Peut-être.

— C'est une fois la vente conclue que j'ai entendu parler d'un faussaire spécialisé dans les Matisse. Un génie, dans son genre.

— Qu'avez-vous fait ?

— Rien, d'abord. J'étais paralysé par le choc. Ensuite, je me suis ressaisi et j'ai essayé de retrouver le vendeur. Evidemment, il avait disparu. Alors j'ai tenté de me faire oublier !

Il se tut un instant, les yeux dans le vague, comme s'il prenait à témoin un invisible jury.

— Je suis coupable de m'être laissé duper et de ne pas avoir réagi assez tôt quand je m'en suis aperçu... Et pour cette affaire, je dois lutter pied à pied pour essayer de me refaire une place dans la profession. Voilà pourquoi, mademoiselle Dillon, je raisonne plus en avocat qu'en négociant, comme vous dites. A présent, j'applique la loi à la lettre. J'ai compris la leçon.

Son visage était devenu très pâle et Joanna eut presque pitié de lui.

— Je suis désolée d'avoir remué des souvenirs aussi désagréables, monsieur Stern. Je me sentais agressée et...

— Je vous en prie. C'est à moi de m'excuser.

Il serra les lèvres et secoua la tête d'un air las. L'espace d'un instant, il sembla se métamorphoser : les épaules affaissées, les yeux ternes, il avait l'air d'un homme accablé par le sort.

La jeune femme eut brusquement envie de partir. Cela lui faisait mal de voir cet être détruit, apparemment incapable de se relever du coup qu'il avait reçu.

— Je crois que nous nous sommes tout dit, monsieur Stern. Courage... Je suis sûre que vous arriverez à remonter la pente.

Il lui agrippa le bras avant qu'elle puisse se lever.

— Mais vous ne comprenez donc pas ? C'est la raison pour laquelle cette affaire est tellement importante pour moi ! Joanna, si vous acceptiez de me vendre ces deux toiles, non seulement vous gagneriez beaucoup d'argent, mais vous me sauveriez la vie.

Il la regardait avec des yeux suppliants. Joanna allait dégager son bras et lui dire qu'elle n'était pas chargée de veiller sur lui quand Philippe entra dans le café. Son sourire s'effaça d'un coup et laissa place à une expression de profonde irritation.

— Lorenzo m'a dit où je pouvais vous trouver, Joanna. Je ne savais pas que vous étiez avec cet individu.

Stern se tourna lentement vers lui.

— Tiens, Moreau... Nous discutions autour d'un café. Vous voulez vous joindre à nous ?

— Allons-nous-en, Joanna, ordonna Philippe sans prendre garde à son interlocuteur.

— Un instant, Philippe. Nous avons presque terminé.

Elle lui adressa un regard insistant mais elle savait bien qu'il ne comprendrait pas. Il était visiblement furieux et devait se sentir trahi.

— Je vous avais mise en garde contre cet homme ! Je vous avais dit de ne plus le voir.

— Vous ne trouvez pas que Joanna peut se passer de votre accord pour rencontrer qui bon lui semble ?

— Ce n'est pas à vous que je m'adresse, Stern !

— Il a raison, fit doucement Joanna. Il faut me faire confiance, Philippe ; je suis capable de prendre mes responsabilités.

— Justement, Joanna. Ma confiance, vous l'aviez tout entière. Je crois vous l'avoir assez prouvé. Mais vous ne tenez aucun compte de ce que je vous dis !

134

La jeune femme sentit la colère la gagner. De quel droit se permettait-il de lui parler ainsi ?

— Un instant, Philippe. C'est la première fois depuis le début de ce voyage que je ne suis pas vos directives. Je n'ai pas à me plier à tous vos caprices. Je suis adulte, figurez-vous. La confiance, l'amitié, l'amour même, se partagent entre égaux, ou bien ces mots ne veulent plus rien dire, comprenez-vous ?

— Joanna, je veux que vous rentriez à l'hôtel immédiatement.

— Je vous ai dit que j'en avais pour une minute.

Leurs deux volontés s'affrontèrent... Mais, pensa-t-elle tristement, il n'y aurait pas de vainqueur.

— Comme vous voudrez, fit froidement Philippe. Sachez que votre attitude me choque profondément.

Il tourna les talons et sortit du café. Elle le regarda s'éloigner et sentit une profonde tristesse l'envahir.

13

En montant l'escalier qui menait au bureau de M. Bainbridge, en retrouvant ce décor familier, Joanna eut l'impression étrange d'avoir accompli un voyage dans le temps. Etait-ce bien à elle que tous ces événements étaient arrivés ?...

Les derniers jours à Florence lui avaient laissé un goût amer. Elle avait passé le réveillon du nouvel an toute seule à écouter les Florentins chanter et danser dans les rues. Le lendemain, elle avait bouclé ses valises.

Philippe avait eu la courtoisie de lui adresser la parole avant son départ. Il l'attendait dans le hall de l'hôtel, élégant, poli, un peu froid, et lui souhaita bon voyage. Joanna ne put s'empêcher de lui demander s'il ne pensait pas avoir réagi de façon un peu excessive à sa rencontre avec Jeremy Stern.

— Je venais de vous proposer de travailler avec moi, répondit-il. Je vous considérais presque comme mon associée. Et des associés doivent partager le même point de vue quand il s'agit de leurs affaires.

— Je ne travaillais pas pour vous !

— En effet, et c'est une chance. Je me rends compte à présent que vous aviez toutes les raisons de décliner ma proposition.

— En effet, si cela signifiait perdre toute initiative...

Elle laissa sa phrase en suspens. Pour toute réponse, il l'escorta en silence jusqu'à la Bentley de la comtesse qui attendait devant l'hôtel. Philippe donna des instructions à Gino et la grosse limousine blanche emporta la jeune femme vers l'aéroport.

Avant de partir, elle avait déposé le Raphaël dans la chambre de Philippe avec un mot bref où elle lui expliquait simplement qu'elle ne se sentait pas en droit de le garder.

— Joanna ! Quelle joie de vous revoir ! s'exclama la secrétaire de M. Bainbridge. Entrez, le directeur vous attend.

Elle poussa la lourde porte d'acajou et retrouva avec plaisir la rassurante odeur de pipe.

— Soyez la bienvenue, Joanna ! Vous avez fait un travail magnifique !

Il lui posa une main paternelle sur l'épaule et l'invita à s'asseoir dans le grand fauteuil en cuir qui faisait face à son bureau.

— Je suis heureuse que vous soyez satisfait, monsieur.

— Nous avons réussi à tenir les journalistes à l'écart pour vous laisser le temps d'arriver, mais il va bien falloir les avertir. Il s'agit d'un événement artistique de premier plan et demain nous publierons un communiqué de presse officiel. Vous devrez sans doute répondre à quelques interviews. Les photographes ne vous font pas peur, j'espère... C'est la gloire, Joanna !

Elle essaya de sourire, mais le cœur n'y était pas. M. Bainbridge la dévisageait d'un œil perçant. Joanna fut soudain persuadée qu'il n'était pas dupe de ses efforts et cela la mit mal à l'aise. Pourquoi diable était-il si perspicace ? Elle essaya de revenir à des problèmes pratiques.

— Tout est arrivé en bon état ?

— Oui, fit-il sans la quitter des yeux. L'inventaire a été fait.

— C'est assez impressionnant, n'est-ce pas ?

— Assez, en effet... Tout s'est bien passé là-bas ?

— Oui, monsieur. Je ne me suis heurtée à aucune difficulté particulière.

— Finalement, vous vous êtes bien entendue avec Moreau ?

— Oui. Suffisamment pour mener l'affaire à bon terme.

— Joanna, pourquoi ne semblez-vous pas plus contente ?

— Je préférerais ne pas en parler, si vous le voulez bien.

— Philippe Moreau vous a-t-il importunée ?

— Cela n'a vraiment pas d'importance, monsieur Bainbridge. Ce qui compte, c'est que la collection soit arrivée à bon port.

— Je ne veux pas me mêler de ce qui ne me regarde pas, fit-il en vidant soigneusement sa pipe dans le cendrier en cristal. Mais nous

138

sommes si heureux ici que je m'inquiète de ne pas vous voir partager notre joie.

— Ce n'est rien, monsieur. Juste un peu de fatigue, sans doute.

— Vous voulez prendre quelques jours de repos ? Vous n'êtes pas souffrante, au moins ?

— Non, je vous assure. Je suis fatiguée, c'est tout.

— Alors c'est dit. Reposez-vous et revenez quand vous vous sentirez mieux. D'accord ?

— Merci, monsieur Bainbridge. Je crois que c'est ce que je vais faire.

Elle allait se lever mais le directeur lui fit signe de rester encore un peu.

— J'ai quelque chose pour vous.

Il sortit une enveloppe blanche de son bureau et la lui tendit.

— Avec les compliments de la galerie Bainbridge.

— Mais... Qu'est-ce que c'est ?

— Une petite gratification.

— Ce n'est pas nécessaire, monsieur.

— Allons, allons ! Vous seriez bien la première à refuser une prime. Prenez ceci, Joanna. Vous l'avez amplement mérité.

— Merci beaucoup, monsieur.

Elle accepta l'enveloppe et poursuivit, un peu embarrassée :

— Vous savez... je vous estime beaucoup et je vous suis très reconnaissante pour tout ce que j'ai appris avec vous.

Elle sentit brusquement l'émotion la gagner et ses yeux s'embuèrent.

— Moi aussi je vous apprécie, Joanna.

Il l'accompagna jusqu'à la porte et lui donna une petite tape paternelle sur l'épaule.

— Allez. Et reposez-vous bien.

Joanna décida de rentrer chez elle à pied. Dans Madison Avenue, le pâle soleil d'hiver n'arrivait pas à vaincre le froid. Désœuvrée, elle regardait les boutiques dans l'espoir de trouver quelque chose, n'importe quoi, qui lui fît plaisir. M. Bainbridge pensait bien faire en lui octroyant quelques jours de congé, mais elle s'apercevait maintenant que c'était une erreur.

Que faire de tout ce temps libre ? Dès que son esprit n'était plus occupé, elle pensait à Philippe, à leur échec, à sa douloureuse absence. Un moment, elle songea à visiter la galerie Frick, mais l'idée de se retrouver entourée de tableaux la déprimait encore plus. Inviter une amie à déjeuner ? Pourquoi pas ?... Tout, plutôt que de se retrouver seule dans son appartement vide ! Mais il n'y avait personne à qui elle pût s'adresser. Depuis son divorce, elle n'avait que des relations d'affaires, pas de véritable amie avec qui partager un repas sur le pouce. Dans ce domaine aussi, c'était l'échec, pensa-t-elle tristement.

Pourtant, elle aurait eu tellement besoin de se confier à quelqu'un. Si seulement la princesse s'était trouvée à New York... Il lui faudrait bien du courage pour affronter le monde après la vie protégée qu'elle avait menée. En vérité, elle n'y était guère préparée. Mais une différence fondamentale les séparait toutes deux : la princesse acceptait de prendre tous les risques, alors qu'elle-même ne songeait à présent qu'à fuir les agressions de l'existence. Dieu sait, pourtant, si elle s'était crue armée contre le chagrin !

— Ohé ! Joanna !

La voix était familière ; la jeune femme mit une seconde à l'identifier.

— Tony !

Elle avait reconnu son ancien mari qui arrivait à bicyclette en lui faisant de grands signes. Son visage juvénile et souriant était orné d'une petite moustache blonde à présent ; excepté ce détail, il n'avait pas changé.

— Bonjour, fit-il, presque timidement.

Il n'était pas sûr que Joanna fût ravie de le rencontrer.

— Comment vas-tu ? J'ai essayé de te joindre à Noël, mais tu n'étais pas chez toi.

— Non, j'étais en Europe pour mon travail.

— Je sais. Je t'ai rappelée pour le réveillon de la Saint-Sylvestre. Comme tu n'étais toujours pas là, j'ai tenté ma chance chez Bainbridge et ton assistant m'a dit que tu te trouvais à Florence. C'était bien ?

Elle hocha la tête sans donner de détails.

— Et pour toi, les fêtes se sont bien passées ?

— Calmement. Je suis allé voir ma famille à Chicago. Il y fait toujours aussi froid. Au fait, tu ne connais pas la grande nouvelle ?

Ses yeux brillaient d'excitation.

— Tu as le temps de prendre un café avec moi ? Il faut absolument que je te raconte ça.

Du temps ? C'était tout ce qui lui restait. Peut-être Tony parviendrait-il à la distraire un peu ?

— Bien sûr, pourquoi pas ? Où allons-nous ?

Il n'y avait pas de café dans les environs et Tony eut un geste d'impuissance.

— J'ai une idée. Nous ne sommes pas loin de chez toi. Tu ne veux pas me montrer ton appartement ? Cela me ferait très plaisir.

— Si tu veux. C'est à deux pas.

Là où ailleurs, se dit Joanna. Ils n'auraient sans doute pas grand-chose à se dire, mais leur entrevue lui permettrait de tuer une heure ou deux.

— C'est vraiment superbe ! fit-il avec un petit sifflement admiratif, après avoir visité le grand salon, le bureau, les deux chambres et l'immense cuisine immaculée où Joanna préparait le café. Tu es plus à ton aise que dans notre vieux studio mal chauffé, n'est-ce pas ?

Elle faillit lui dire que leur studio sous les toits aurait été plus agréable s'il lui avait tenu plus souvent compagnie, mais elle s'abstint et se contenta de sourire.

— C'est plus confortable, évidemment... Le café sera prêt dans un instant.

Il retourna dans le salon. Joanna entendait ses tennis crisser sur le parquet de chêne laqué. Non, il n'avait pas changé et pourtant, d'une certaine façon, elle avait un peu l'impression de se trouver face à un étranger.

En réalité, c'est elle qui avait évolué. Le temps n'était pas si loin où on ne pouvait prononcer le nom de Tony sans qu'elle ne sente la colère l'envahir ou, au contraire, qu'elle n'éclate en sanglots. A présent, elle l'accueillait dans son salon comme un vieux camarade.

142

— Café crème avec plein de sucre, comme toujours ?

Elle déposa le plateau sur la table basse.

— Non, fit-il en riant. Je ne prends plus de lait et ne mets plus qu'un sucre. C'est mauvais pour la ligne. A mon âge, il faut commencer à faire attention !

Elle ne put s'empêcher de rire à son tour. Il faisait si gamin à côté de Philippe... Elle s'efforça de faire dévier le cours de ses pensées.

— Alors, cette grande nouvelle ?

Il but une gorgée de café, l'œil pétillant de joie.

— Eh bien, voilà : il y a quelques mois, j'ai participé à une exposition à la Wooster Gallery avec d'autres artistes. Ce fut un franc succès pour tout le monde. Frederick Fenwick est venu, et tu sais quoi ?... Il m'a proposé d'aller exposer chez lui. C'est formidable, non ?

Il parlait avec tant d'animation qu'il faillit en renverser sa tasse.

— Tony, je suis si contente pour toi, dit Joanna sincèrement. Il y a tellement longtemps que tu rêves d'exposer chez Fenwick.

— Oui... Ça me ferait très plaisir que tu viennes au vernissage, Joanna.

Elle hésita, prise de court.

— Tu sais ce que je pense de la peinture moderne !

— Je t'en prie. C'est très important pour moi...

Il lui lança un de ses regards implorants devant lesquels elle avait toujours fondu. Il le savait bien, d'ailleurs. Il en avait usé et abusé chaque fois qu'un différend les opposait. Mais

143

cette fois, Joanna s'aperçut avec plaisir que le procédé ne prenait plus.

— Je verrai, fit-elle simplement.

Il sortit de son sac une affichette pliée en quatre et la lui tendit.

— Tiens. Je suis en train de les distribuer un peu partout. C'est mardi prochain, à quatre heures. Mais je peux t'envoyer une invitation en bonne et due forme, si tu veux.

— Non, ce n'est pas la peine. L'affiche fera très bien l'affaire. Tu peux me la laisser ?

— Aucun problème. Il doit m'en rester une bonne centaine !

Soudain, son expression se fit plus grave.

— Tu sais... Je n'ai jamais voulu te faire de mal. Tu le sais, dis ?

Au fond de son cœur, elle savait que c'était la vérité, mais elle ne put rien répondre. Tony continua, malgré son silence :

— Nous nous sommes mariés si jeunes ! Je ne savais pas encore qui j'étais, ni ce que j'attendais de la vie. Quand je me suis rendu compte que seule la peinture importait pour moi, que j'étais fait pour rester célibataire, il était trop tard. Mais jamais je n'ai voulu te faire de peine, il faut me croire.

Elle le regardait sans rien dire, un peu surprise par ces explications tardives.

— Tu as cru que je ne t'aimais pas, que je te rejetais. Je t'ai donné ce que je pouvais d'affection, et d'une certaine façon, je t'ai aimée. Tu n'étais pas en cause. Cela aurait été pire avec une autre.

Il se tut, mais elle ne répondait toujours pas.

— Tu comprends ?

— Oui, je crois, finit-elle par dire.

— Est-ce que... Est-ce que tu me pardonnes ?

Elle resta songeuse un moment. L'exemple de la princesse, si douce, si bonne, si dépourvue de rancœur malgré le lent déclin de sa fortune, lui vint à l'esprit et balaya ses hésitations.

— Oui, murmura-t-elle, oui je te pardonne, Tony.

Un long silence s'installa, exempt de toute gêne. Qu'auraient-ils pu se dire de plus ?...

— Allons, fit enfin Tony, je vais devoir partir. J'ai encore toutes ces affiches à distribuer.

Elle se leva et lui sourit gentiment.

— Au revoir, Tony. Et toutes mes félicitations pour ton exposition.

— Merci, Joanna. Je suis content de t'avoir parlé.

Il plongea ses yeux dans les siens et l'embrassa chaleureusement sur les deux joues. En le serrant contre elle, la jeune femme ne put s'empêcher de penser à Philippe. Quelle différence entre les deux hommes ! Pour Tony, elle éprouvait à présent des sentiments presque fraternels. Philippe Moreau, quand il la serrait dans ses bras, éveillait dans son cœur d'autres passions... Mais ce n'était pas une raison pour refuser l'affection que lui offrait son ancien mari et elle la lui rendit avec une chaleur qui la surprit elle-même.

— Tony, n'oublie pas ton sac !

Il sourit et lui donna une petite tape pleine de tendresse sur la joue.

— A bientôt. Essaie de venir au vernissage !

Elle s'apprêtait à mettre les tasses dans l'eau moussante quand l'interphone sonna dans l'entrée.

— Qu'est-ce que tu as encore oublié ? demanda-t-elle dans le micro, amusée par la distraction de Tony.

Non, vraiment, il n'avait pas changé !

— J'ai oublié de vous dire que je vous aime, mademoiselle Dillon...

Mais, plus que la réponse, c'était la voix qui la stupéfia.

14

— Et vous, voilà ce que vous avez oublié !

Philippe était dans l'entrée, et lui tendait un paquet que Joanna n'eut pas de mal à reconnaître. C'était le dessin de Raphaël !

— J'ai cru plus convenable de vous le laisser, vu la façon dont nous nous étions quittés.

Elle scruta son visage comme pour y trouver la réponse à la question qu'elle n'osait formuler. Les cheveux emmêlés par le vent, les joues encore rougies de froid, il y avait en lui une gaucherie qui l'émut.

— Puis-je me débarrasser de mon manteau et m'asseoir cinq minutes ? demanda-t-il presque timidement.

— Bien sûr. Donnez-le-moi.

Elle pendit le lourd pardessus dans un placard et le conduisit au salon. Il s'installa dans le petit fauteuil où, quelques instants plus tôt, Tony était assis. Mais, avec son impressionnante carrure, Philippe transformait le siège en un meuble miniature.

— Pour quelles raisons êtes-vous à New York ? Vous êtes venu pour affaires ?

— Oui. Pour vous.

— Ah oui ?... Si je comprends bien, je figure dans la rubrique « affaires à suivre », je me trompe ? demanda-t-elle d'une voix acide.

Elle s'assit en face de lui, à bonne distance, comme pour se protéger de son envahissante présence.

— Pourquoi parler ainsi, Joanna ?

— Je vous en prie, Philippe, pour moi la discussion est close.

— Eh bien pour moi elle ne l'est pas, voilà. Et j'ai traversé l'Atlantique pour vous parler.

Il avait soigneusement évité son regard et gardait les yeux obstinément baissés. Son embarras était touchant.

— Je me suis conduit comme un imbécile !

Il redressa brusquement la tête et soutint le regard de la jeune femme.

— Ce n'est pas facile... Bon sang, Joanna, ce n'est pas facile de faire taire sa fierté ! Mais vous aviez raison ; j'ai réagi d'une façon ridicule, l'autre jour.

— C'est le moins que l'on puisse dire.

Elle était bien décidée à ne pas se laisser amadouer avant de savoir à quoi s'en tenir.

— Essayez de comprendre. Je suis seul depuis des années. Je n'ai pas l'habitude qu'on contredise ce que j'avance et...

— Philippe, vous ramenez tout au travail, aux affaires. Vous ne connaissez comme relations avec les autres que le marchandage et les rapports de force.

148

— Ce n'est pas vrai ! protesta-t-il.

— Si Philippe, si. Oh ! je sais bien que vous pouvez vous montrer bon et généreux... Trop, parfois, peut-être. Mais même dans ces cas-là, je crois que c'est pour vous une autre façon de négocier : vous le faites dans l'intérêt des traditions européennes, dans l'intérêt de la noblesse. Il faut toujours une justification à vos actes. Vous ne faites rien tout simplement pour le plaisir.

— Vous êtes injuste, Joanna. Mes sentiments pour vous, par exemple...

— Parlons-en ! Il y a des hommes, figurez-vous, qui font des déclarations d'amour. Vous m'avez parlé affaires ! Des hommes qui demandent à la femme qu'ils aiment d'être leur épouse. Vous m'avez proposé d'être votre employée !

Il y eut un long silence. Joanna n'était pas mécontente de lui avoir dit ce qu'elle avait sur le cœur. A présent, elle attendait sa réponse.

— Je comprends, fit-il enfin. Du moins, je crois comprendre...

Il se gratta la gorge, sembla chercher ses mots.

— Vous vous êtes sentie offensée par ma proposition, c'est bien cela ?

— Oui, Philippe. J'ai été très choquée par votre offre. J'avais cru que vous m'aimiez et, brusquement, j'ai découvert que tout ce qui vous intéressait, c'était d'avoir à votre disposition une collaboratrice efficace et soumise...

« Mon mari ne quittait pas son atelier, Je l'attendais des heures, la nuit, pendant qu'il travaillait. Parfois, il ne rentrait qu'au matin. Je vous l'ai déjà dit : seul son art comptait pour lui.

Quand vous m'avez proposé de travailler pour vous, j'ai compris que vous apparteniez à la même race d'hommes.

— Vous vous trompez, Joanna. Dans mon esprit, en vous associant à mes affaires, je vous associais à ma vie. Je pensais qu'une jeune femme moderne comme vous trouverait bien prétentieux que je lui demande de l'épouser alors que nous nous connaissons si peu. Mais en travaillant ensemble, en ayant une liaison plus suivie, j'espérais que vous finiriez par accepter...

Il dut s'arrêter, vaincu par l'émotion, et Joanna fut impressionnée de le voir aussi troublé.

— Lorsque vous avez repoussé mes avances si sèchement, j'ai cru que vous ne vouliez pas poursuivre davantage notre aventure. J'étais déjà très blessé. Quand, en plus, je vous retrouve avec Jeremy Stern, vous comprenez ma réaction ?

— Oh ! Philippe... Comment pouvais-je savoir ?

— Joanna, laissez-moi une dernière chance de regagner votre confiance.

— Quand j'ai quitté Florence, je croyais ne plus jamais vous revoir, dit-elle en pesant bien ses mots. Pourtant, je n'ai cessé une seconde de penser à vous.

— Alors il y a encore un espoir ?

Son visage s'éclaira.

— Vous savez, Philippe, Jeremy Stern n'est pas aussi mauvais que vous le pensez. Mais vous n'aviez rien à craindre de lui. Il me faisait seulement pitié.

— Peut-être, Joanna. Mais je vous l'ai dit ; j'étais sous l'empire de la déception et de la jalousie.

— Il y a une chose qui m'intrigue. Qui a acheté les deux portraits des ancêtres Di Stephano ?

— C'est moi.

— Vous ?

— Oui. Je les ai laissés à la princesse en espérant qu'elle se sentirait moins seule ainsi.

Une vague de reconnaissance la submergea. En fait, elle avait toujours su qu'il méritait sa confiance. Et, malgré ses erreurs, Philippe Moreau n'en demeurait pas moins un homme loyal, sensible et droit, un homme rare qu'on pouvait être fier d'aimer.

— Joanna, voulez-vous accepter le Raphaël en gage d'excuses ?

— Et vous, Philippe, voulez-vous accepter mon amour ?

Elle était fermement décidée à ne plus garder ses sentiments pour elle.

— En traversant l'Atlantique, je n'avais pas d'autre but...

C'était un mardi clair et ensoleillé comme on en voit parfois à New York ; lumineux, presque doux, printanier malgré les guirlandes qui égayaient encore les vitrines de Broadway.

— Quand je suis dans votre ville et que Paris me manque, c'est ici que je viens, avoua Philippe.

Ils se promenaient au milieu de la foule cosmopolite qui déambulait nonchalamment, charmée par le redoux. Des touristes armés d'appareils photo, des New-Yorkais affairés vaquant à leurs occupations, quelques habitants du quartier étaient là.

Ils traversèrent l'avenue encombrée de voitures et pénétrèrent dans la Fenwick Gallery. C'était bondé. Frederick Fenwick aperçut Joanna et vint les saluer en faisant onduler sa belle crinière blanche. Le vieux pape de l'art contemporain semblait en pleine forme. D'autres se joignirent à lui pour féliciter Joanna de son récent coup d'éclat. Elle accepta les compliments avec grâce et tout le monde s'extasia sur sa mine épanouie.

— Vous voyez, lui glissa Philippe, rien de tel que l'amour !

— Oh ! ne vous y fiez pas ! Ce sont tous des flatteurs professionnels.

— Mais où est notre artiste ?

— Là-bas, sans doute.

Elle pointa son doigt en direction d'un groupe d'invités qui encerclaient un personnage invisible.

— Vous êtes certaine que ça ne vous ennuie pas de le voir ?

— Non, plus maintenant. Et puis vous êtes avec moi.

Quand Tony les aperçut, il laissa là ses admirateurs et vint à leur rencontre.

— Joanna ! Je suis si content que tu aies pu venir. Merci.

— Bonjour, Tony. Je te présente Philippe.

Les deux hommes se dévisagèrent un instant et le peintre fut le premier à tendre la main.

— Bonjour.

— Enchanté Tony, répondit Philippe avec chaleur.

— Venez, suivez-moi. J'ai quelque chose à vous montrer.

Il les guida à travers les salles d'exposition. Au fond de la galerie, ils découvrirent un grand portrait de femme, assise devant une fenêtre aux rideaux tirés. Un rayon de soleil venait illuminer un côté du visage. Le reste était plongé dans une pénombre subtile, qui rappelait certains tableaux de Rembrandt.

— Voilà, fit Tony gravement. Il s'appelle : « Portrait de Joanna. »

— Magnifique ! s'exclama Philippe. Non seulement vous avez peint mon sujet favori, mais vous avez su rendre la fragilité qui se cache derrière son tempérament de feu. S'il est à vendre, je serais heureux de l'ajouter à ma collection.

Joanna, très émue, se pencha et embrassa Tony sur la joue.

— Je ne me doutais pas...

— Je voulais te le dire, mais je ne savais pas comment. Finalement, le plus simple était de te le montrer. Après tout, je suis peintre.

— Oui, murmura Joanna. Et les mots, parfois, ne sont pas nécessaires...

Le jour tombait déjà ; Philippe et Joanna, assis à la terrasse du restaurant au pied du Rockefeller Center, regardaient évoluer les patineurs.

— Vous savez en faire ? demanda la jeune femme.

— En Suisse, tout le monde sait patiner.

— On doit avoir l'impression de voler. Ce doit être merveilleux !

— Vous n'êtes jamais montée sur des patins ?

— Une fois ou deux, quand j'étais petite. Mais je n'ai jamais eu le temps d'apprendre. Il y avait l'école, puis l'université et enfin mon travail...

— Quand nous serons en Europe, je vous montrerai...

— Vous voulez toujours m'y emmener ?

— Plus que jamais.

— Vous savez, à mon âge, on n'apprend plus très vite. Vous serez patient avec moi ?

— Nous prendrons tout le temps qu'il faudra... La vie entière, Joanna...

— C'est bien vrai, Philippe ?

— Oui, c'est vrai. Il n'y a rien que je désire plus au monde que de vous avoir pour épouse.

Elle leva vers lui des yeux pleins de lumière et, longtemps, ils se regardèrent, éperdus de bonheur.

Ce livre de la *Série Désir* vous a plu. Découvrez les autres séries Duo qui vous enchanteront.

Romance, c'est la série tendre, la série du rêve et du merveilleux. C'est l'émotion, les paysages magnifiques, les sentiments troublants.
Romance, c'est un moment de bonheur.

Série Romance : 6 nouveaux titres par mois.

Harmonie vous entraîne dans les tourbillons d'une aventure pleine de péripéties.
Harmonie, ce sont 224 pages de surprises et d'amour, pour faire durer votre plaisir.

Série Harmonie : 4 nouveaux titres par mois.

Amour vous raconte le destin de couples exceptionnels, unis par un amour profond et déchirés par de soudaines tempêtes.
Amour vous passionnera, *Amour* vous étonnera.

Série Amour : 4 nouveaux titres par mois.

Série Désir : 6 nouveaux titres par mois.

Série Désir

69   ROBERTA DENNIS
Les épreuves du destin

– Vous voulez rompre avec votre passé, Monica.
Moi, je suis à la recherche d'un nouvel avenir.
N'est-ce pas étrange ? Magique ?
– Mark ! Vous oubliez que je suis ici pour travailler !
– Est-ce une raison pour refuser d'aimer
une nouvelle fois ?

70   SARA CHANCE
Prisonnière d'un rêve

Elsa Beaumont s'est juré de réussir comme styliste
de mode. Mais elle a fait le pari plus audacieux encore
de gagner le cœur de Brett Taylor, son patron,
dont la personnalité incarne ses rêves les plus secrets.

71　　　　NORA POWERS
Les tentations de l'amour

Grâce à son métier, Jessie Hampton avait cru trouver
enfin son équilibre... jusqu'à l'apparition de Harry Linton.
La lueur qui brille dans ses yeux recèle
une bien irrésistible tentation...

73　　　　RAYE MORGAN
Un cœur en partance

Après des années d'épreuves, Celia Fleming a choisi
une vie sage et rangée. L'apparition de Barney Chase
va-t-elle bouleverser sa détermination ?
Dans ses bras, elle chavire, s'abandonne jusqu'au
vertige, jusqu'à la déraison...

74　　　　ARIEL BERK
Les murmures du silence

Parce qu'elle est sensible et généreuse, Kate Ryder
a renoncé au métier brillant de cover-girl pour
se consacrer à l'éducation d'une petite fille atteinte
de surdité. Tout serait simple si le père de l'enfant
n'était pas aussi séduisant...

Série Désir

Ce mois-ci

Duo Série Désir

69 **Les épreuves du destin** ROBERTA DENNIS
70 **Prisonnière d'un rêve** SARA CHANCE
71 **Les tentations de l'amour** NORA POWERS
72 **Au creux de tes bras** MARILYN KENNEDY
73 **Un cœur en partance** RAYE MORGAN
74 **Les murmures du silence** ARIEL BERK

Duo Série Amour

1 **Rêves croisés** ELAINE TUCKER
2 **Un espoir au cœur** JENNY BATES
3 **Troublante rencontre** MARY HASKELL
4 **Et maintenant, le bonheur** ANN CRISTY

Duo Série Romance

213 **Farouche et indomptée** NORA ROBERTS
214 **Comme au théâtre** JULIET ASHBY
215 **Dites-le avec tendresse** THEA LOVAN
216 **La crique des dauphins** TIFFANY PAYNE
217 **L'appel des îles** RENA McKAY
218 **Un goût de larmes** ELIZABETH HUNTER

Duo Série Harmonie

33 **Le printemps au cœur** JANE CLARE
34 **Marina, la nuit** KATHRYN BELMONT
35 **L'amour est une aventure** BROOKE HASTINGS
36 **Toi, pour toujours** LINDSAY McKENNA

Achevé d'imprimer sur les presses de l'Imprimerie Bussière
à Saint-Amand-Montrond (Cher)
le 17 septembre 1984. ISBN : 2-277-85072-1. ISSN : 0760-3606
N° 1801. Dépôt légal : septembre 1984. Imprimé en France

Collections Duo
27, rue Cassette   75006 Paris
diffusion France et étranger : Flammarion